L'IMPÉRATRICE EUGÉNIE

SŒUR DE CHARITÉ

L'IMPÉRATRICE

EUGENIE

SŒUR DE CHARITÉ

PAR

le Comte GAZAN DE LA PEYRIÈRE

TROISIÈME ÉDITION

PARIS
E. DENTU, LIBRAIRE-ÉDITEUR
PALAIS-ROYAL, 17 ET 19, GALERIE D'ORLÉANS

1867

AVANT-PROPOS

J'ai placé sous un même cadre quelques-uns des actes de l'inépuisable charité de l'Impératrice, je suis heureux de les rappeler à l'admiration et à la reconnaissance de la France.

CHAPITRE PREMIER

MARIAGE DE L'EMPEREUR ET DE MADEMOISELLE DE MONTIJO

LE MARIAGE DE L'EMPEREUR ET DE MADEMOISELLE DE MONTIJO

Le 22 janvier 1853, l'Empereur réunit au palais des Tuileries les membres du Sénat, du Corps législatif et du conseil d'État, leur annonce ainsi son prochain mariage :

« Messieurs,

« Je me rends au vœu si souvent manifesté par le « pays, en venant vous annoncer mon mariage....

« Celle qui est devenue l'objet de ma préférence est « d'une naissance élevée. Française par le cœur, par « l'éducation, par le souvenir du sang que versa son « père pour la cause de l'Empire, elle a, comme Espa-

« gnole, l'avantage de ne pas avoir en France de famille « à laquelle il faille donner honneurs et dignités.

« Douée de toutes les qualités de l'âme, elle sera l'or- « nement du trône, comme, au jour du danger, elle « deviendrait un de ses plus courageux appuis. Catholi- « que et pieuse, elle adressera au ciel les mêmes prières « que moi pour le bonheur de la France ; gracieuse et « bonne, elle fera revivre dans la même position, j'en « ai le ferme espoir, les vertus de l'Impératrice Joséphine.

« Bientôt, en me rendant à Notre-Dame, je présenterai « l'Impératrice au peuple et à l'armée ; la confiance qu'ils « ont en moi assure leur sympathie à celle que j'ai choi- « sie, et vous, Messieurs, en apprenant à la connaitre, « vous serez convaincus que, cette fois encore, j'ai été « inspiré par la Providence. »

Ce patriotique discours a produit sur l'assemblée et sur la France une profonde impression ; l'Empereur a donné communication de son mariage avec des paroles aussi pleines de dignité que de franchise.

Il épouse mademoiselle Eugénie de Montijo, comtesse de Téba, fille du comte de Montijo, sénateur et grand d'Espagne ; Il a choisi la femme selon son cœur. La comtesse de Téba, perle de l'aristocratie castillane, est au premier rang parmi les plus belles ; elle réunit au pouvoir éblouissant de ses attraits le don de captiver par son affabilité et par la distinction de ses manières.

Le peuple français salue de ses acclamations l'Impératrice Eugénie, il l'aimera comme il a aimé l'Impératrice Joséphine, dont il conserve si religieusement la mémoire.

Le conseil municipal de Paris, heureux de manifester sa sympathique adhésion à cette alliance de l'Empereur, décide, le 26 janvier, qu'il offrira à l'Impératrice un collier de diamants, du prix de 600,000 francs. Dès que Sa Majesté a connaissance du vote, Elle écrit au Préfet de la Seine une lettre dont les dernières phrases sont celles-ci :

« Permettez-moi donc de ne pas accepter votre don, « quelque flatteur qu'il soit pour moi ; vous me rendrez « plus heureuse en employant en charités la somme que « vous aviez fixée pour l'achat de la parure que le « conseil municipal voulait m'offrir. La seule chose que « j'ambitionne, c'est de partager avec l'Empereur l'amour » et l'estime des Français. »

Le conseil municipal vivement ému des sentiments que l'Impératrice a exprimés, et se conformant à ses intentions, destine la somme de 600,000 francs à la fondation d'un établissement qui portera le nom d'Eugène-Napoléon, et dans le sein duquel des jeunes filles pauvres recevront, sous la protection de Sa Majesté, une éducation professionnelle.

Ainsi, le premier acte du règne de l'Impératrice a été un acte magnanime de charité, où la noblesse, la générosité, la modestie brillent au plus haut degré, où se révèle une âme digne du rang suprême. La France a recueilli précieusement ces magnifiques paroles : « la « seule chose que j'ambitionne, c'est de partager avec « l'Empereur l'amour et l'estime des Français. »

Au milieu des honneurs de la souveraine puissance, l'Impératrice daigne se souvenir qu'il y a des pauvres en ce monde; Elle consacre à des œuvres de bienfaisance une somme de 250,000 francs que l'Empereur avait placée dans sa corbeille de mariage. Elle donne 150,000 francs aux Sociétés de charité maternelle, 100,000 francs à l'hospice des Incurables pour la création de nouveaux lits en faveur de pauvres infirmes des deux sexes, dont elle se réserve la désignation.

Le 3 mars 1853, Monseigneur Sibour, archevêque de

Paris, célèbre à Notre-Dame, en présence du préfet de la Seine et des membres du conseil municipal, le mariage de vingt-huit couples choisis dans la classe ouvrière, et que l'Empereur et l'Impératrice ont dotés. Chacun d'eux a reçu de Leurs Majestés 3,000 francs, plus 300 francs pour les frais de noces.

L'Empereur et l'Impératrice ont montré, en les dotant, combien ils sont heureux d'améliorer la position des personnes de tout rang.

CHAPITRE II

SOCIÉTÉS DE CHARITÉ MATERNELLE

HÔPITAL SAINTE-EUGÉNIE

SALLES D'ASILE — ORPHELINAT DU PRINCE IMPÉRIAL

MAISON EUGÈNE-NAPOLÉON

CAISSE DES OFFRANDES NATIONALES EN FAVEUR DES ARMÉES
DE TERRE ET DE MER

SOCIÉTÉ DU PRINCE IMPÉRIAL — CRÈCHES

SOCIÉTÉ CENTRALE DU SAUVETAGE DES NAUFRAGÉS

SOCIÉTÉ DE CHARITÉ MATERNELLE

Les sociétés de charité maternelle ont pour mission de secourir les pauvres femmes en couche, de leur fournir la layette et de pourvoir à l'allaitement de l'enfant.

Le décret du 2 février 1853 place cette œuvre sous le patronage de l'Impératrice. « L'Empereur a voulu hono- « rer et encourager ces bienfaisantes institutions, faciliter « tout le développement que peut leur assurer la charité « privée. »

L'Impératrice nomme à la présidence des sociétés approuvées, reçoit du Ministre de l'Intérieur un rapport annuel sur leur situation financière et morale, répartit entre elles les secours que l'État leur accorde.

Sous l'active impulsion de Sa Majesté, les sociétés de charité maternelle ont redoublé d'ardeur et agrandi leur domaine.

Leur nombre, qui était de 55 en 1853, s'est élevé à 67 en 1860; il est aujourd'hui de 75. Pendant l'année 1860, elles ont 624,605 francs de recettes, elles viennent en aide à 11,751 familles.

Depuis 1853, la moyenne des secours accordés s'est augmentée annuellement.

La Société de charité maternelle de Paris compte quatre-vingts dames patronesses; l'Impératrice les reçoit chaque année, pendant le mois de mai habituellement. Sa haute et maternelle protection est pour elles un puissant encouragement dans l'accomplissement de leur mission souvent pénible.

Sa Majesté entoure d'une protection spéciale l'École d'accouchement de Paris. Elle s'est préoccupée vivement, en 1856 et 1857, des moyens de réaliser les améliorations indispensables que les services d'accouchement réclamaient. Elle a voulu que toutes les précautions fussent prises pour assurer la santé des pauvres femmes en couche.

HOPITAL SAINTE-EUGÉNIE

L'Impératrice fixe son attention, en décembre 1853, sur la difficulté des déplacements que les familles pauvres, habitant la rive droite de la Seine à Paris, ont à subir pour se rendre à l'hôpital de la rue de Sèvres, auprès de leurs jeunes enfants malades.

Sa Majesté, par un mouvement spontané de sa sollicitude toute maternelle, veut apporter un remède à cet inconvénient; sous son inspiration, un projet est mis à l'étude pour la construction d'un second hôpital d'enfants, au centre du faubourg Saint-Antoine.

Mais l'exécution de ce projet réclamant d'indispensables délais, l'Impératrice pense que les souffrances ne peuvent attendre; Elle exprime le désir que plusieurs salles de l'hôpital Sainte-Marguerite, situé dans la rue de Charenton, soient réservées temporairement aux maladies de l'enfance.

Le Préfet de la Seine, heureux de répondre complétement au désir de Sa Majesté, décide que cet hôpital, appelé désormais hôpital Sainte-Eugénie et placé sous le patronage de l'Impératrice, sera consacré au service spécial des enfants.

Quatre cent vingt-cinq y sont admis, dès le 15 mars 1854, après que d'importants travaux d'appropriation ont été exécutés dans les diverses parties de l'intérieur.

Toutes les mères déshéritées de la fortune, et frappées dans la santé de leurs enfants, ont applaudi hautement à l'institution de l'hôpital Sainte-Eugénie, dont elles sont redevables à la compatissante générosité de l'Impératrice.

L'établissement, doté d'avantages considérables, est confié aux religieuses de Saint-Vincent de Paul.

Le service de santé comprend : 3 médecins, 1 chirurgien, 5 élèves internes, 18 élèves externes, 1 pharmacien en chef, 4 élèves internes en pharmacie.

Les malades sont répartis de la manière la plus convenable à leurs intérêts et à ceux de la science.

Leur nombre a été : en 1854 de 2,564 ; en 1855 de 3,186 ; en 1856, de 3,257 ; en 1857 de 3,250 ; en 1858 de 3,091 ; en 1859 de 3,180 ; depuis 1860 il varie entre 3,300 et 3,600.

On a organisé dans l'hôpital une école, un ouvroir et un gymnase, pour les enfants que la nature de leur maladie force d'y faire un séjour prolongé.

Les exercices du gymnase procurent souvent une guérison complète à ceux qui sont atteints du rachitisme ou de la danse Saint-Guy.

Les garçons suivent les classes sous un instituteur, et sont occupés à la préparation du linge à pansement et de la charpie. Les filles ont une religieuse pour institutrice ; elles raccommodent le linge, confectionnent et réparent les vêtements.

SALLES D'ASILE

Le décret du 16 mai 1854 confère à l'Impératrice le patronage des salles d'asile, et institue, près du Ministère de l'Instruction publique et des Cultes, un comité central de patronage, chargé spécialement de préparer un plan de réforme et de perfectionnement.

Sa Majesté a donné une vie nouvelle aux salles d'asile. Elle veille avec une sollicitude incessante sur les misères physiques et morales du premier âge.

Le décret du 21 mars 1855 porte dans son article 9 : « Un règlement arrêté par le Ministre de l'Instruction « publique, sur la proposition du comité central de patro- « nage, déterminera, sous l'approbation de l'Impératrice,

« tout ce qui se rapporte au mobilier des salles d'asile,
« ainsi qu'aux procédés d'éducation et d'enseignement
« dans les salles d'asile publiques. »

Le 22 mars 1855, l'Impératrice, entourée de la grande Maîtresse de sa Maison et de ses Dames d'honneur, reçoit le Ministre de l'Instruction publique, les membres du comité de patronage, les dames patronesses.

Elle daigne approuver et signer le règlement que le comité a préparé sur le régime intérieur des salles d'asile.

Ce règlement, résultat des délibérations prises sous l'inspiration même de Sa Majesté, est puisé dans les sentiments de l'affection la plus vraie pour l'enfance.

L'Impératrice prenant, en décembre 1855, l'initiative d'une idée féconde, décide qu'Elle distribuera vingt-cinq médailles, à son effigie, aux meilleures directrices de salles d'asile, et, le 12 mars suivant, sur le rapport du Ministre de l'Instruction publique, Elle les décerne à celles que le comité a présentées à son choix.

L'institution de cette récompense suscite une émulation salutaire parmi ces femmes, modestes autant que zélées, et donne une grande impulsion aux progrès des salles d'asile.

Le 12 juillet 1856, au milieu de la cérémonie qui s'accomplit à Clermont-Ferrand pour la remise de l'une des médailles, l'Impératrice est proclamée la *première Dame patronesse de France.*

A la fin d'avril 1859, Elle visite plusieurs des salles d'asile de Paris ; son intérêt pour les enfants qui y sont recueillis se manifeste de la manière la plus touchante.

Ces visites devaient produire de précieux résultats. Quelques jours après, Sa Majesté, présidant les séances du comité central, lui propose d'importantes réformes dont Elle a reconnu la nécessité. Elle démontre combien est fâcheuse la tendance de la salle d'asile à se convertir en école, et demande hautement que l'instruction des enfants reçoive moins de développement, qu'on réduise la durée des classes où ils sont condamnés à une position d'immobilité si contraire à leur santé, qu'on multiplie leurs exercices physiques, etc.

Le comité, frappé des considérations puissantes que Sa Majesté a produites à l'appui de sa conviction, adopte complétement ces réformes, et vote un nouveau règlement que le Ministre de l'Instruction publique revêt de son approbation, le 5 août 1859.

Le rapport présenté à l'Impératrice, au mois de

mars 1866, sur la situation des salles d'asile, renferme le passage suivant : « La véritable ligne suivie pour la « direction des salles d'asile est celle que Votre Majesté a « tracée avec tant de fermeté au comité central de patro- « nage. »

Au commencement de 1866, on comptait 3,300 salles d'asile fréquentées par 383,854 enfants.

L'Impératrice s'est appliquée surtout, comme protectrice de l'institution, à développer le rôle de l'assistance maternelle.

Ses inspirations sont constamment présentes au sein du comité de patronage, et vivifient ses délibérations.

ORPHELINAT DU PRINCE IMPÉRIAL

Le 16 mars 1856, à peine le Fils de France est-il né, au milieu des ardentes acclamations de l'allégresse nationale, que spontanément, sur divers points de la Capitale, se produit la pensée d'offrir à l'Impératrice et au jeune Prince un témoignage de reconnaissance et de dévouement.

Aussitôt, à Paris et dans le département de la Seine, des comités s'organisent, ouvrent des souscriptions dont le chiffre est limité entre cinq et dix centimes, et recueillent en quelques jours 600,000 signatures et près de 100,000 francs.

Toutes les classes de la société ont voulu prendre part

à la souscription pour faire acte d'hommage à la cause Impériale ; la manifestation ne pouvait présenter un caractère plus général.

Le 15 mai 1856, les présidents des comités prient l'Impératrice d'indiquer la destination qu'Elle désire donner à la souscription, et sollicitent l'honneur de déposer à ses pieds les listes contenant les noms des souscripteurs. Ils reçoivent du Ministre de l'Intérieur la réponse suivante :

« J'ai fait connaître à l'Empereur et à l'Impératrice « la touchante manifestation dont vous êtes les organes; « ces 600,000 souscriptions, si rapidement recueillies « dans Paris et sa banlieue, Les ont vivement émus

« L'Impératrice vous en remercie pour Elle et pour « son Fils; Elle acceptera avec gratitude ces volumes de « signatures, éloquent témoignage des sentiments d'af- « fection de la population parisienne; mais, quant aux « sommes produites par la souscription, vous lui per- « mettrez d'en faire, comme des 600,000 francs votés, « lors du mariage, par le conseil municipal, une œuvre « de bienfaisance pour les enfants du peuple.

« Patronne des sociétés de charité maternelle et des

« salles d'asile, Elle désire placer sous le patronage de « son Fils les pauvres orphelins; Elle veut que le mal- « heureux ouvrier enlevé prématurément à sa famille « emporte du moins, en mourant, la consolante certitude « que la bienveillance Impériale veillera sur ses en- « fants. »

L'impératrice, s'inspirant d'une grande pensée, assigne à l'hommage populaire une destination selon son cœur; Elle veut consacrer la date du 16 mars pour le malheur et l'indigence, et fonde l'Orphelinat du Prince Impérial.

Cette œuvre a pour mission de placer les jeunes enfants du sexe masculin, orphelins de père et de mère, dans d'honnêtes ménages d'ouvriers, et de leur assurer l'apprentissage d'un état, les soins, l'affection et les conseils d'une nouvelle famille.

Une commission permanente et des comités d'arrondissement administrent l'institution, sous la surveillance du Ministre de l'Intérieur.

Les comités, précieux auxiliaires, se partagent la tutelle des orphelins patronnés; ils ont au plus haut degré le discernement et la prudence, le zèle et le dévouement.

Le chiffre des enfants admis à l'Orphelinat a été :

de 154, du 15 août 1857 au 15 août 1858 ;
de 23, du 15 août 1858 au 15 août 1859 ;
de 29, du 15 août 1859 au 15 août 1860 ;
de 30, du 15 août 1860 au 15 août 1861 ;
de 28, du 15 août 1861 au 15 août 1862 ;
de 31, du 15 août 1862 au 15 août 1863 ;
de 39, du 15 août 1863 au 15 août 1864 ;
de 21, du 15 août 1864 au 15 août 1865 ;
de 99, du 15 août 1865 au 15 novembre 1866.

Quatre cent cinquante-quatre orphelins ont donc ressenti, depuis 1856, l'heureuse influence du patronage Impérial.

La moyenne des subventions accordées à chacun d'eux s'est accrue presque annuellement ; restreinte primitivement à 207 francs, puis à 210, elle a été, en 1861, de 219 fr. 69 c. et en 1865, de 224 francs.

La situation comparée des subventions en 1859 et en 1865 donne les chiffres suivants :

En 1859 :

1 subvention à 100 francs ;
13 — à 120 ;

29 subventions à 150 francs ;
4 — à 160 ;
9 — à 180 ;
73 — à 200 ;
1 — à 220 ;
29 — à 240 ;
23 — à 250 ;
1 — à 260 ;
22 — à 300 ;

En 1865 :

1 subvention à 100 francs ;
2 — à 120 ;
8 — à 150 ;
8 — à 180 ;
82 — à 200 ;
2 — à 220 ;
43 — à 240 ;
30 — à 250 ;
3 — à 260 ;
40 — à 300.

Il résulte de ce tableau que, de 1859 à 1865, le nombre des subventions au-dessous de 200 francs est descendu de 56 à 19, et que celui des pensions fixées au taux le plus élevé de 300 francs a, au contraire, augmenté du double.

L'Orphelinat consacre sa vive sollicitude à l'éducation professionnelle de ses pupilles.

Les orphelins du Prince Impérial sont d'intelligents apprentis ; ils luttent courageusement avec les difficultés du travail, et les chefs d'atelier, les recherchant de plus en plus, leur accordent des rémunérations équivalentes à un vrai salaire.

Tous les contrats d'apprentissage sont soumis au triple contrôle des comités, de la commission permanente et du Ministre de l'Intérieur.

Un patronage, institué en 1859, veille sur les pupilles qui sortent d'apprentissage ; il les suit dans leur carrière d'ouvriers jusques au moment de leur majorité ; il leur imprime une direction ferme et garantit autant que possible leur avenir.

Cent trente-deux jeunes gens avaient été déjà inscrits au cadre des patronnés, à la fin de 1865.

L'Orphelinat, en se constituant, a reçu de la munificence de l'Empereur une dotation annuelle de

30,000 francs ; chaque année, depuis 1856, il a recueilli, en dons ou legs, des sommes importantes.

Au premier janvier 1857, ses revenus étaient de 34,370 francs, ils sont arrivés :

Le 15 août 1857 à 34,930 francs.
Le 15 août 1858 à 35,790
Le 15 août 1859 à 42,120
Le 15 août 1860 à 44,080
Le 15 août 1861 à 45,600
Le 15 août 1862 à 46,070
Le 15 août 1863 à 46,800
Le 15 août 1864 à 49,100
A la fin de 1865 à 49,570
A la fin de 1866 à
près de 52,000.

Il est permis de prévoir qu'ils représenteront, dans le courant de 1867, une somme approximative de 54,000 francs.

Depuis 1856, les dons particuliers ont atteint le chiffre considérable de 312,638 fr. 65 c.

L'Orphelinat a été classé, le 15 septembre 1856, parmi les établissements d'utilité publique.

Il cultive chez ses pupilles les sentiments de la religion et du devoir; il assure leur développement intellectuel, et leur donne les habitudes de la famille et du travail.

Il a conquis immédiatement les sympathies des classes populaires, et déjà, en 1859, à l'étranger, plusieurs associations se sont formées sur son modèle.

La commission chargée de répartir le produit des souscriptions entre les familles atteintes par le choléra de 1865 a dit, au sujet de l'Orphelinat, dans son rapport au Ministre de l'Intérieur : « Amenée par les exigences « de son mandat à étudier l'organisation de l'Orphelinat « du Prince Impérial, la commission a été on ne peut « plus frappée du principe admirablement pratique et « social qui a présidé à son organisation. Il lui paraît « impossible que ce principe ne s'impose pas rapidement « à toutes les intelligences que préoccupe la question de « l'assistance des enfants. »

MAISON EUGÈNE-NAPOLÉON

La maison Eugène-Napoléon a été fondée, selon le désir et sous le patronage de l'Impératrice, à l'aide des 600,000 francs que le conseil municipal de Paris avait votés, à l'occasion de son mariage, pour l'achat du collier de diamants dont il voulait lui faire hommage.

Ce précieux établissement, destiné à l'éducation des jeunes filles pauvres et situé au faubourg Saint-Antoine, a été ouvert le 1er janvier 1857. L'Impératrice en a confié l'administration aux sœurs de Saint-Vincent de Paul, mais en conserve la haute direction.

Trois cents jeunes filles y sont admises dès leur huitième année et reçoivent l'instruction religieuse, élémentaire et professionnelle.

On leur enseigne la lecture, l'écriture, l'orthographe et le calcul. Pour l'instruction professionnelle, elles forment deux divisions : la première s'applique à des travaux de dentelle ; la seconde est occupée à la lingerie, à la couture, et confectionne des chemises d'hommes, des trousseaux de dames.

Le programme des études et le règlement intérieur, pour l'ordre et la durée des exercices de la journée, sont soumis à l'approbation de l'Impératrice. Un bulletin lui est adressé trimestriellement sur la conduite, les progrès et la santé de chaque élève.

La maison Eugène-Napoléon est des mieux aérées ; les divers bâtiments sont séparés par des jardins gracieusement aménagés.

Les élèves ont une nourriture aussi saine que suffisante.

La plupart des jeunes filles, en arrivant à l'asile Eugène-Napoléon, sont amaigries, souffrantes, attristées ; mais bientôt leur physionomie s'anime et se colore, elles renaissent à la santé, elles partagent la gaieté et les jeux de leurs compagnes.

L'Impératrice a pris à sa charge le payement d'une somme annuelle de 600 francs à chaque sœur, d'une autre somme annuelle de 300 francs pour la pension de chaque élève, les honoraires du médecin, de l'aumônier, le traitement de l'organiste, de plusieurs sous-maitresses, les gages du portier, des jardiniers, des filles de service; en un mot, la main bienfaisante de Sa Majesté pourvoit à toutes les dépenses.

L'asile Eugène-Napoléon est classé parmi les établissements d'utilité publique; souvent l'Impératrice le visite, Elle vient y oublier un instant les grandeurs de la cour.

Un tableau peint à fresque, dans un hémicycle de la chapelle, représente Sa Majesté en vêtements de mariée; Elle offre à la Vierge le collier de diamants; deux groupes de jeunes filles sont à genoux, priant pour leur bienfaitrice.

CAISSE DES OFFRANDES NATIONALES EN FAVEUR DES ARMÉES DE TERRE ET DE MER

En mai 1859, sur l'initiative de l'Impératrice, une souscription est ouverte pour venir en aide aux blessés et aux familles des militaires et marins tués ou blessés à l'armée d'Italie.

Un décret du 18 juin suivant crée, sous la présidence de Sa Majesté, un comité chargé de centraliser le produit des sommes recueillies, et d'en diriger l'application.

A l'appel de l'Impératrice, cette souscription a pris au plus haut degré un caractère national; son chiffre s'est élevé à 6,111,000 francs.

Le comité réglant, dans sa séance du 19 décembre 1859, la répartition du montant de la souscription entre les ayants droit, vote, sous l'inspiration de l'Impératrice, la fondation d'une institution permanente et d'utilité publique qui recevrait le nom de Caisse des Offrandes nationales, en faveur des armées de terre et de mer.

Le décret du 18 juin 1860, qui crée cette Caisse, l'autorise à recevoir des dons et legs, et constitue un comité supérieur sous la direction de l'Impératrice.

L'article 3 de ce décret porte :

« Un comité supérieur surveille et contrôle les opé-
« rations tant administratives que financières de la
« caisse. Font partie de droit du comité de surveillance :
« Les Princesses de la famille Impériale,
« Mesdames les maréchales et amirales.
« Les autres membres sont nommés par l'Empereur. »

Les vives sympathies de toute la France sont acquises à la Caisse des Offrandes nationales. Depuis 1860 elle a pu, presque chaque jour, à l'aide des dons et legs qu'elle recevait, augmenter le chiffre des rentes viagères qu'elle distribue.

Pour les officiers, sous-officiers et soldats, leurs veuves et orphelins, ces rentes viennent en accroissement des pensions que donne l'État; pour les mineurs, dont les mères sont vivantes, pour les frères et sœurs mineurs et pour les ascendants, elles constituent des secours sans précédents, l'innovation la plus précieuse.

De 1860 à mars 1862, la Caisse a admis, au titre de l'armée d'Italie, 6,055 pensionnaires ainsi classés :

46 veuves d'officiers,
23 veuves de sous-officiers,
6 officiers blessés,
87 ascendants d'officiers tués,
48 enfants mineurs et orphelins d'officiers décédés,
107 enfants ou frères mineurs et orphelins de sous-officiers et soldats décédés,
2,450 sous-officiers et soldats blessés,
3,288 ascendants de sous-officiers et soldats tués.

L'Empereur décide à la fin de 1860, sur la demande de l'Impératrice, que les sommes provenant des extinctions accomplies parmi les rentiers au titre de l'armée d'Italie, pourront être attribuées aux blessés et aux familles des militaires et marins décédés dans les expéditions postérieures.

Conformément à cette décision, l'Impératrice a accueilli, de 1860 à mars 1862, pour les armées du Maroc, de la Chine et de la Cochinchine, 41 pétitions dans les conditions suivantes :

3 veuves d'officiers,
1 ascendant d'officier tué,
4 enfants ou frères mineurs et orphelins de sous-officiers et soldats tués,
33 ascendants de sous-officiers et soldats décédés.

La Caisse des Offrandes nationales a reçu de l'Impératrice, en août 1866, un don de 3,000 francs.

Elle compte aujourd'hui plus de 6,000 pensionnaires.

SOCIÉTÉ DU PRINCE IMPÉRIAL

L'Impératrice, constamment attentive à soulager la souffrance, à rechercher les causes de la misère, est douloureusement frappée, au commencement de 1862, des grandes difficultés que rencontre l'homme vivant de son travail, s'il est forcé d'emprunter une petite somme pour acheter des outils, des matières premières, ou pour faire face à des nécessités accidentelles et temporaires.

Sa Majesté veut adoucir ces difficultés; Elle conçoit et fonde la *Société du Prince Impérial, prêts de l'enfance au travail.*

Le 26 avril 1862, Elle signe le règlement dressé, sous

son inspiration, par une commission de vingt membres; Elle leur a exposé, d'une manière aussi complète que saisissante, l'organisation de son œuvre et les résultats qu'elle se propose d'atteindre.

La Société du Prince Impérial a donc pour mission d'accorder crédit au travail honnête et intelligent, d'alléger de pénibles situations.

Elle se compose de fondateurs et d'associés; les fondateurs versent une somme de 100 francs une fois payée, et une somme annuelle de 10 francs; les associés sont tous les enfants, âgés de moins de dix-huit ans, qui donnent 10 centimes chaque semaine.

L'administration est confiée à un conseil supérieur, à une commission permanente, à des comités locaux, et à des dames patronesses.

Le conseil supérieur a la haute direction morale et financière; la commission permanente, choisie dans le sein du conseil, en prépare les décisions.

Les comités locaux reçoivent les cotisations et les demandes de prêts, autorisent ceux dont la somme est inférieure à 200 francs, et, pour les autres, adressent au conseil leur avis motivé.

Les dames patronesses recueillent les souscriptions,

recherchent les associés et les réunissent en divisions et subdivisions.

La Société consent les prêts aux conditions les plus favorables; pour faciliter les remboursements, elle permet de les fractionner, d'accomplir des versements anticipés.

Elle a reçu de la munificence de l'Empereur et de l'Impératrice, le 28 avril 1862, le don d'une somme de 100,000 francs.

A peine était-elle constituée que, dans toutes les parties de la France, les manifestations de la plus vive sympathie se sont multipliées en sa faveur. La magistrature, le clergé, les conseils généraux, les fonctionnaires divers, les sociétés de bienfaisance, les particuliers, ont rivalisé d'ardeur pour s'inscrire sur la liste des fondateurs ou donateurs.

L'Impératrice a adressé, le 3 septembre 1862, la lettre suivante à M. le comte de Persigny, Ministre de l'Intérieur :

« Saint-Cloud, le 3 septembre 1862.

« Monsieur le Ministre,

« Je vous remercie de l'empressement avec lequel

« vous m'avez transmis les délibérations des conseils gé-
« néraux en faveur de la Société du Prince Impérial.
« Je suis heureuse de voir avec quelle unanimité on a
« compris sur tous les points de l'Empire la pensée d'une
« institution qui associe l'enfance au travail et qui est
« placée sous le patronage du Prince Impérial; mais,
« en même temps que j'honore l'acte de bienfaisance qui
« s'est produit dans chaque conseil général, je suis
« particulièrement touchée des sentiments qui ont été
« exprimés pour mon fils et pour moi, et je désire que
« vous fassiez connaître dans tous les départements
« l'expression de ma gratitude.

« Croyez aux sentiments de haute estime que j'ai
« pour vous.

« EUGÉNIE. »

A la fin de l'année 1862, le nombre des fondateurs s'était élevé à 6,500, et celui des donateurs à 65,000.

Le généreux appel de l'Impératrice ne pouvait trouver un écho plus fidèle dans le cœur des familles.

Pendant l'hiver de 1862 à 1863, au moment où la crise cotonnière sévit si cruellement à Rouen, le conseil supérieur de la Société, se conformant aux prescriptions de l'Impératrice, recherche les moyens de venir le plus promptement en aide aux ouvriers frappés par le chômage. Plusieurs manufacturiers de cette ville s'étant constitués en comité de patronage, il met à leur disposition, sur leur demande et à titre de prêt, une somme de 20,000 francs nécessaire à l'acquisition de vingt-six métiers pour la fabrication des étoffes de laine. Un atelier d'apprentissage est immédiatement ouvert, et le tisserand en coton, après y avoir travaillé quelques semaines, devient apte à gagner un salaire convenable en tissant de la laine.

Durant les premiers mois de 1863, une foule d'ouvriers ont été successivement admis dans l'atelier; quelques-uns d'entre eux, leur apprentissage achevé, ont obtenu de la Société du Prince Impérial un prêt à l'aide duquel ils ont acheté un métier pour leur compte personnel.

En avril 1863, MM. Pouyer-Quertier et Bénard-Leduc, membres du comité de patronage de Rouen, adressent au conseil supérieur de la Société un rapport renfermant les passages suivants :

« Pas un seul de nos ouvriers ne s'est découragé;
« tous bénissent l'heureuse pensée qui les tire de la

« misère et leur prépare ainsi un avenir plus assuré. La « reconnaissance de ces braves gens sera la juste et « douce récompense de leur auguste protectrice. ».

793 prêts avaient été faits par la Société du Prince Impérial au 31 mai 1863; ils montaient à une somme de 191, 875 francs et se trouvaient répartis de la manière suivante :

113 de 500 francs
2 de 450
45 de 400
3 de 350
48 de 300
5 de 250
577 de 200 francs et au-dessous.

Vers le milieu de 1863, le conseil supérieur de la Société consent au comité de patronage de Rouen un second prêt pour une somme de 60,000 francs, et donne ainsi un nouveau développement à la fabrication des étoffes de laine, en faveur des ouvriers que la crise cotonnière a condamnés au chômage.

Du mois de juin 1863 au 31 mars 1864, le comité

a délivré 374 métiers, a installé des ateliers dans de nombreuses communes de la Seine-Inférieure, et principalement dans celles d'Yvetot, de Saint-Denis d'Héricourt, de Veauville, de Hautot-Saint-Sulpice, d'Imbleville.

A l'aspect de l'impulsion si heureusement imprimée par la Société du Prince Impérial au tissage de la laine, les particuliers, en 1863 et au commencement de 1864, se consacrent aussi de toutes parts à cette industrie. Au mois de mai 1864, ils avaient établi, dans le pays de Caux et dans l'arrondissement d'Yvetot, deux mille cent métiers dont le fonctionnement assurait des salaires suffisants à près de 9,000 personnes.

Le 15 avril 1866, au palais des Tuileries, l'Impératrice, ayant son Fils à ses côtés, préside la séance annuelle de la Société. Les Ministres du Commerce et de l'Instruction publique, le Préfet de la Seine, les membres du conseil supérieur, ceux des comités de Paris, du département de la Seine, et de Versailles, sont présents.

Après que M. Frémy, vice-président, a donné lecture du rapport, Sa Majesté remercie les membres du conseil supérieur, ceux des comités, du zèle et du dévouement qu'ils montrent pour les intérêts de la Société.

Les applaudissements ont plusieurs fois interrompu l'allocution de Sa Majesté.

La Société du Prince Impérial accomplit chaque jour d'importants progrès, ses services sont de plus en plus connus et appréciés de la population ouvrière.

Depuis 1862 jusques en mai 1866, elle a consenti, à Paris et dans les départements, 8,415 prêts, montant à 2,211,095 francs; sur cette somme le département de la Seine est compris pour 1,994,555 francs.

Des ressources que la Société met entre les mains des ouvriers, il résulte pour chacun d'eux un accroissement de travail productif et un bénéfice correspondant, qu'on peut évaluer, d'après des renseignements précis, au chiffre moyen de 2 francs par jour.

L'Impératrice a su former du pécule de l'enfance une puissante association destinée à protéger les travailleurs; c'est, suivant son heureuse expression, *l'avenir qui prête au passé*. Sa Majesté a contribué à compléter l'ensemble de nos établissements de bienfaisance; Elle a montré qu'il était possible de faire des prêts en n'exigeant de l'emprunteur que des garanties morales; Elle a donné ainsi une solution vraie et féconde à un problème important d'économie charitable.

Au mois d'octobre 1866, le dévouement de l'Empereur et de l'Impératrice aux intérêts des classes laborieuses s'est manifesté avec une spontanéité et une générosité exceptionnelles, en faveur des ouvriers tisseurs de Lyon, auxquels le chômage inflige de dures souffrances.

L'Empereur leur a accordé, sur sa liste civile, une somme de trois cent mille francs pour les aider à se constituer en société coopérative ; l'Impératrice a décidé que la Société du Prince Impérial leur ferait un prêt de trois cent mille francs.

Les délégués des ouvriers, en apprenant ces mesures prises par Leurs Majestés, ont publié dans les journaux de Lyon une note où on lit les passages suivants :

« L'Empereur ne s'est pas montré moins sensible en « donnant sur sa cassette particulière de quoi soulager « en grande proportion les maux qui accablent les ou- « vriers.

« Nous prions M. le sénateur d'être auprès de l'Empe- « reur et de l'Impératrice l'interprète de nos sentiments « de sincère reconnaissance. »

CRÈCHES

La crèche reçoit et soigne pendant le jour les petits enfants dont les mères sont occupées aux travaux des ateliers, des manufactures ou des champs.

Un décret du 26 février 1862 a placé les crèches sous le haut patronage de l'Impératrice ; il a assuré ainsi leur développement et leur prospérité.

Sa Majesté nomme à la présidence et à la vice-présidence des conseils d'administration des crèches ; Elle répartit annuellement entre elles les secours que l'État leur accorde.

Au mois d'août dernier, sur la proposition du Ministre de l'Intérieur, Sa Majesté a daigné approuver l'organisation des crèches Saint-Ambroise, Saint-Antoine, Sainte-Geneviève, à Paris.

SOCIÉTÉ CENTRALE DU SAUVETAGE DES NAUFRAGÉS

L'Impératrice a accepté le patronage de la Société centrale du sauvetage des naufragés, qu'un décret du 17 novembre 1865 a reconnue comme établissement d'utilité publique.

La mission de cette institution est de pourvoir à la sécurité de la navigation et de donner aux marins tous les moyens de secours dont la puissance humaine peut disposer.

En décembre 1865, l'Empereur, l'Impératrice, le Prince Impérial ont daigné, chacun, faire à la Société le don d'un bateau de sauvetage.

Dans le rapport si remarquable que M. Dumoustier,

chef de division au Ministère des travaux publics, a présenté à l'assemblée générale, le 6 avril 1866, on lit ce passage :

« L'Auguste Majesté qui rapproche d'Elle toutes les
« souffrances et toutes les misères, afin qu'aucune d'elles
« n'échappe à sa vigilance maternelle, et fait des mar-
« ches du trône rayonner les foyers de la charité, a donné
« à notre œuvre la plus haute consécration, en nous
« autorisant à la placer sous son bienveillant patro-
« nage. »

Mille sept cent cinquante-trois personnes ont péri, de 1856 à fin 1865, dans des naufrages constatés sur nos côtes.

Le rapport de M. Dumoustier, qui nous fournit ce chiffre, affirme qu'on aurait pu arracher à la mort la moitié au moins de ces victimes.

On comprend donc les importants services que la Société du sauvetage des naufragés est appelée à rendre.

Au mois de septembre 1866, sur la plage de Biarritz, et en présence de l'Impératrice, les agents du service des douanes s'exerçaient à lancer les flèches porte-amarres, dont l'invention est due à M. Delvigne, et que la Société installe dans la plupart des postes du littoral.

Sa Majesté avait voulu voir de ses propres yeux le fonctionnement de ces précieux engins; Elle a daigné interroger l'inspecteur sur la situation actuelle de l'institution, et lui annoncer, en se retirant, qu'Elle faisait don d'un nouveau canot de sauvetage destiné à l'île de Groix, près de Lorient.

CHAPITRE III

SOCIÉTÉ DE SECOURS MUTUELS EN FAVEUR DES MARINS
SECOURS AUX HABITANTS DE LA CORONA
HÔPITAL DE SAINT-LOUIS A MADRID — SOCIÉTÉ FRANÇAISE
EN FAVEUR DES FRANÇAIS EN ANGLETERRE
HOSPICE EUGÉNIE A BAGNÈRES-LES-BAINS—ÉCOLES GRATUITES
DES ENFANTS SOURDS-MUETS OU AVEUGLES DE PARIS
NAUFRAGE DE LA FRÉGATE LA SÉMILLANTE
L'EMPEREUR ET L'IMPÉRATRICE PARRAIN ET MARRAINE DES
ENFANTS NÉS LE 16 MARS—INONDATIONS DE 1856
ÉTABLISSEMENT DE FOURNEAUX ALIMENTAIRES A PARIS

SOCIÉTÉS DE SECOURS MUTUELS EN FAVEUR DES MARINS

Au commencement de 1853, l'Impératrice, puisant dans son immense charité une généreuse initiative, fonde à Dieppe une Société de secours mutuels en faveur des marins. Elle a compris combien la prévoyance est surtout indispensable à ces hommes que la maladie et la mort frappent si souvent, au milieu des hasards de la mer.

Dès 1853, à Dieppe, 2,363 marins s'assurent à eux-mêmes et à leurs familles, moyennant une faible cotisation, tous les bienfaits de la mutualité.

Désormais, des secours leur sont acquis le jour où ils cessent d'avoir assez de force et de jeunesse pour lutter contre les flots, et, s'ils meurent, leurs femmes et leurs enfants ne seront plus voués à la misère.

En 1854, des sociétés semblables se fondent aussi, sous l'inspiration et le patronage de l'Impératrice, à Dunkerque, à Boulogne, à la Teste, et dans la plupart des ports de France.

SECOURS AUX HABITANTS DE LA CORONA
HOPITAL SAINT-LOUIS A MADRID

Une grande misère accable, au mois de mai 1853, les habitants de la Corona, en Espagne. L'Impératrice souscrit en leur faveur pour 40,000 réaux, et M. Damas-Hinard, secrétaire de ses commandements, écrit au gouverneur de la province, en lui adressant cette somme :

« L'Impératrice se félicite que sa fortune privée lui « permette de secourir les malheureux d'Espagne, sans

« rien distraire de cette liste civile qui appartient tout « entière aux malheureux de la France. »

En juin 1853, l'Impératrice donne une somme de 10,000 francs à l'hôpital Saint-Louis, institué à Madrid pour recueillir nos pauvres compatriotes malades.

SOCIÉTÉ FRANÇAISE DE SECOURS EN FAVEUR DES FRANCAIS EN ANGLETERRE

L'Impératrice accepte, en 1854, le patronage de la Société française que M. le comte Walewski vient de créer à Londres pour secourir les Français indigents en Angleterre.

Cette institution trouve dans la charité de l'Empereur et de l'Impératrice l'élément le plus fécond de son patrimoine.

Elle rend d'immenses services à nos compatriotes malheureux; elle leur distribue des secours en argent, des bons de pain et de soupe, elle leur procure asile pour la nuit avec aliments, des passages gratuits jusqu'à Calais, Boulogne, le Havre, Dieppe et Paris, des consultations et médicaments gratuits, l'admission dans les hôpitaux, l'allocation à l'école gratuite française.

HOSPICE EUGÉNIE A BAGNÈRES-LES-BAINS

En 1854, Monseigneur l'évêque de Tarbes fonde à Bagnères-les-Bains, près Saint-Sauveur, un hospice pour les pauvres qui affluent chaque année à Barèges, pendant la saison des eaux.

L'Impératrice a puissamment aidé par ses libéralités la construction de cet important établissement; Elle a daigné autoriser Monseigneur de Tarbes à lui donner la dénomination d'Hospice-Eugénie.

La population des Pyrénées a voué à Sa Majesté une profonde reconnaissance.

ÉCOLES GRATUITES DES ENFANTS SOURDS-MUETS OU AVEUGLES DE PARIS

L'Impératrice a daigné prendre sous son patronage, au commencement de 1854, l'œuvre des Écoles des enfants sourds-muets ou aveugles de Paris, fondée par le docteur Blanchet, en 1847.

Ces écoles rendent un immense service aux sourds-muets ou aveugles de la capitale, aident puissamment à leur régénération, en leur permettant de participer gratuitement à l'instruction au même âge que les autres enfants.

L'œuvre consacre aussi sa sollicitude au placement de ses patronnés en apprentissage.

Le Conseil municipal de Paris encourage avec activité

le développement des petites écoles de sourds-muets ou aveugles.

Quatre cents enfants environ les fréquentent en 1866.

Chaque année, pour les distributions des prix, l'Impératrice accorde des livrets de caisse d'épargne ou d'apprentissage.

NAUFRAGE DE LA FRÉGATE LA *SEMILLANTE*

La frégate la *Sémillante*, partie de Toulon pour la Crimée, le 14 février 1855, avec 301 hommes d'équipage et 393 de troupe, se brise, pendant la nuit du 15, près de Bonifacio : militaires et marins périssent sans aucune exception.

Dès que cette horrible catastrophe est connue, l'Empereur et l'Impératrice prennent l'initiative d'une souscription en faveur des familles des victimes.

L'EMPEREUR ET L'IMPÉRATRICE
PARRAIN ET MARRAINE
DES ENFANTS NÉS LE 16 MARS

Le 16 mars 1856, le ciel donne un Enfant Impérial à la France.

Aussitôt l'Empereur et l'Impératrice décident qu'Ils seront parrain et marraine des enfants légitimes nés le même jour que le Prince Impérial.

Plus de 3,600 demandes parviennent au Ministère de la Maison de l'Empereur.

Les préfets sont chargés de recueillir des renseignements sur la situation des familles auxquelles ces enfants appartiennent, et des secours immédiats sont adressés à celles qui se trouvent dans le besoin.

Chaque enfant reçoit du Ministre de la Maison de l'Empercur un certificat constatant la faveur que Leurs Majestés lui ont accordée.

Une somme annuelle a été inscrite au budget de la liste civile, en faveur des familles nécessiteuses, et l'Impératrice s'est chargée des enfants devenus orphelins.

INONDATIONS DE 1856

A la fin de mai 1856, d'immenses inondations dévastent plusieurs de nos départements.

L'Empereur accourt aussitôt vers les malheureux que le fléau a ruinés; Il leur porte les premiers secours, les premières consolations.

Arrivé à Lyon le 1er juin, Il visite les quartiers inondés, Il traverse de rapides courants; sur quelques points l'eau dépasse le poitrail de son cheval.

A la vue de si grands désastres, une profonde émotion brise son cœur; des larmes s'échappent de ses yeux, et coulent à plusieurs reprises sur son visage.

Les victimes se pressent en foule autour de Lui; Il distribue à chacune d'elles l'or qu'Il puise à pleine main, pour soulager leur infortune, dans un sac de cuir pendu à la selle de son cheval.

Les Lyonnais ont des transports de reconnaissance pour la pensée généreuse qui a conduit Sa Majesté au milieu d'eux.

Le 4 juin, l'Empereur pénètre à Avignon en bateau, après avoir prodigué les marques de sa munificence pour les inondés à Vienne, à Condrieu, à Tain, à Tournon, à Valence, à Montélimart, à la Palud.

Il veut aller d'Avignon à Tarascon, mais les communications entre ces deux villes étant complétement interrompues, Il est forcé de parcourir dans un bateau un espace de cinq kilomètres qui le séparent de Tarascon.

Il se rend, dans le courant de juin, à Orléans, à Blois, à Tours, à Angers et à Nantes, où l'inondation a multiplié aussi ses ravages. Dans ces villes, comme dans les départements riverains du Rhône, Il relève les courages abattus, Il apparaît comme une seconde providence, et les populations déploient en sa présence des sentiments indescriptibles d'enthousiasme.

Pendant que l'Empereur vole ainsi au secours des inondés, une souscription s'ouvre en leur faveur, sur la demande de l'Impératrice, à Paris et dans les départements; Sa Majesté daigne la prendre sous son patronage et s'inscrire pour la somme de 20,000 francs.

Le noble exemple de l'Empereur et ses bienfaits, répandus avec tant de largesse, ont électrisé les cœurs, suscité un admirable élan, non-seulement en France, mais dans les diverses parties du monde.

La souscription, dépassant toute espérance, atteint en quelques mois le chiffre inouï de douze millions.

ÉTABLISSEMENT DES FOURNEAUX ALIMENTAIRES A PARIS

Pendant les hivers de 1853 à 1854, de 1854 à 1855, à Paris et dans les communes du département de la Seine, les commissaires de police distribuent à domicile, sous le patronage de l'Empereur et de l'Impératrice, aux ouvriers sans ouvrage et aux familles nécessiteuses, des bons de pain, de viande et de bois de chauffage.

Au commencement de décembre 1855, ce système d'assistance paraît insuffisant à la sollicitude de l'Empereur et de l'Impératrice; Leurs Majestés se préoccupent du soin d'en établir un plus large, mieux adapté aux besoins spéciaux de la vie ouvrière.

Elles consacrent une somme de cent mille francs à

l'institution de fourneaux dont la mission est de livrer des aliments aux prix les plus réduits, et de venir en aide à tous ceux qui ont à souffrir des rigueurs de l'hiver et de la crise prolongée des subsistances.

L'Empereur et l'Impératrice savent que la femme, dans la plupart des ménages pauvres, n'a pas le temps de préparer le repas commun, qu'elle est forcée de le composer à la hâte et d'éléments aussi peu substantiels que peu salubres.

Leurs Majestés ont une profonde sympathie pour cette nature de souffrances; Elles veulent que les fourneaux procurent aux familles d'ouvriers une nourriture saine, à un prix que les plus humbles salaires puissent atteindre.

Le 27 décembre 1855, les quatre premiers fourneaux commencent à fonctionner, un dans le 5e arrondissement, rue du Corbeau, deux dans le 8e arrondissement, rue Lenoir-Saint-Antoine et rue de Reuilly, un dans le 12e arrondissement, rue de Pontoise.

Leur service est confié aux sœurs de Saint-Vincent-de-Paul; la qualité et la préparation des aliments ne sauraient être meilleures. Une circulaire du préfet de police fixe la nature et le tarif des portions alimentaires.

Pendant le mois de janvier 1857, 66 autres fourneaux sont mis successivement en activité à Paris et dans le département de la Seine.

La population a accueilli avec le sentiment de la plus vive reconnaissance ce nouveau bienfait de l'Empereur et de l'Impératrice.

L'exemple de Leurs Majestés a été suivi en Danemark : Copenhague a possédé des fourneaux économiques en novembre 1857.

CHAPITRE IV

ATTENTAT DU 14 JANVIER 1858 — SOLLICITUDE DE L'IMPÉRATRICE POUR NOS BLESSÉS DE LA GUERRE D'ITALIE
AMNISTIE DE 1859
SALLE D'ASILE DE LA VILLE DE LUZ
VOYAGE DE L'EMPEREUR ET DE L'IMPÉRATRICE EN SAVOIE
ASILE SAINTE-EUGÉNIE A EAUX-BONNES
L'IMPÉRATRICE CONTRACTE UNE ASSURANCE SUR LA VIE EN FAVEUR DES ÉTABLISSEMENTS CHARITABLES QU'ELLE A FONDÉS
SOCIÉTÉ DES AMIS DES SCIENCES
SOLLICITUDE DE L'IMPÉRATRICE POUR LES JEUNES DÉTENUS DE LA ROQUETTE
DÉCRET DU 15 AOUT 1865 — CHOLÉRA DE PARIS EN 1865

ATTENTAT DU 14 JANVIER 1858

Le 14 janvier 1858, vers huit heures du soir, un exécrable attentat est dirigé contre l'Empereur et l'Impératrice, au moment où Leurs Majestés arrivent devant le péristyle du grand Opéra.

Des bombes fulminantes, véritables machines infernales, sont lancées sur la voiture impériale. Le nombre des victimes est considérable; mais Dieu a miraculeusement préservé les jours de l'Empereur et de l'Impératrice.

Cet attentat a provoqué, à Paris et parmi les habitants de nos provinces, une manifestation morale sans précédents dans les annales du pays; d'enthousiastes témoignages d'amour et de dévouement ont été prodigués au

Souverain. On a compris plus que jamais combien sa vie est la première condition du salut et de la prospérité de la France.

Chacun a admiré le courage héroïque, le calme, l'intrépidité d'âme que l'Impératrice a déployés en présence du péril; Elle s'est montrée digne de l'Empereur.

Immédiatement après l'attentat, l'Empereur et l'Impératrice chargent plusieurs aides de camp de recueillir des renseignements sur les victimes, et de leur porter les secours que réclame leur situation.

Le 15 janvier, Leurs Majestés se sont rendues à l'hôpital du Gros-Caillou, auprès des blessés qui faisaient partie de leur escorte le 14 au soir.

Le 20 janvier, dans leur visite à l'hôpital militaire du Val-de-Grâce, Elles daignent honorer de leur attention particulière les gendarmes de la Garde de Paris, Henrion, Berne, Dahlen, Garnery, Rumigny, Brunet, pareillement blessés le 14; Elles s'informent de leur état avec le plus vif intérêt. Les malades, profondément touchés des bontés de l'Empereur et de l'Impératrice, se pressent sur leurs pas pour témoigner de leur reconnaissance.

Le Corps législatif a voté, en avril 1859, des secours aux victimes de l'attentat du 14 janvier; M. le marquis de Piré a dit, aux applaudissements de la France, dans son rapport sur le projet de loi :

« Nous ne saurions terminer sans nous faire vos interprètes pour payer un juste tribut d'admiration à la noble fermeté de l'Impératrice. Dans cette intrépidité de la Souveraine dominant la faiblesse de la femme, il y a, nous en avons tous le sentiment, une héroïque consécration de ses droits d'épouse et de mère. »

SOLLICITUDE DE L'IMPÉRATRICE POUR NOS BLESSÉS DE L'ARMÉE D'ITALIE

En mai 1859, à la demande de l'Impératrice, la Grande Chancellerie adresse à la direction de l'Assistance publique le vieux linge recueilli dans les maisons impériales Napoléon de Saint-Denis, des Loges, d'Écouen, et destiné à être converti en bandes à pansements et en charpie, pour nos soldats de l'armée d'Italie.

Les dames de la maison de l'Impératrice, sur le désir et à l'exemple de Sa Majesté, se consacrent, pendant toute la durée de la campagne d'Italie, à préparer les bandes et la charpie.

AMNISTIE DE 1859

Un décret du 16 août 1859 porte : « Amnistie pleine et « entière est accordée à tous les individus qui ont été « condamnés pour crimes et délits politiques, ou qui ont « été l'objet de mesures de sûreté générale. »

L'Empereur, cédant au mouvement de son grand cœur, a rouvert à tous les repentirs les portes de la patrie ; Il a voulu effacer ainsi les derniers vestiges de nos discordes civiles.

Cette amnistie spontanée, sans condition, sans réserve aucune, atteste hautement sa modération, sa magnanimité et sa force ; elle a provoqué en Europe, comme en France, un profond sentiment d'admiration.

L'Impératrice s'est associée avec une ardente sympathie à cet acte solennel de conciliation et de clémence.

SALLE D'ASILE DE LA VILLE DE LUZ

La ville de Luz-Saint-Sauveur, dans la délicieuse vallée des Pyrénées, doit, en 1859, la construction de sa magnifique salle d'asile à la munificence de l'Impératrice.

L'établissement, élevé sur une terrasse, entre deux préaux spacieux, se compose d'un rez-de-chaussée et d'un premier étage. Au rez-de-chaussée sont un préau couvert, un vestibule, la salle d'asile, une salle ouvroir, un parloir, un réfectoire, une cuisine, une cave. Le premier étage présente une lingerie et un dortoir destiné aux pensionnaires que reçoivent les sœurs chargées de la direction de la salle d'asile.

Luz-Saint-Sauveur a voué à l'Impératrice une vive reconnaissance.

VOYAGE DE L'EMPEREUR ET DE L'IMPÉRATRICE EN SAVOIE

Au commencement de 1860, la Savoie et le comté de Nice se donnent spontanément à nous, comme des provinces rentrant au sein de la mère-patrie, dont les circonstances politiques les ont douloureusement séparées.

Le vote pour l'annexion a été unanime en Savoie; il a compté à Nice 6,840 voix sur 6,846.

La France s'est réjouie de cette pacifique conquête, le sénatus-consulte du 12 juin 1860 l'a sanctionnée.

L'Empereur et l'Impératrice se rendent en Savoie, à la fin d'août 1860; partout, sur leur passage, les plus chaleureuses manifestations de dévouement et de reconnaissance se succèdent.

A peine l'Impératrice a-t-Elle mis le pied sur le sol de cette province, qu'Elle prodigue ses actes de charité. « Vos « augustes mains, » lui dit le maire de Chambéry, « ont « porté le soulagement sous le toit du pauvre : Vous avez « calmé bien des douleurs, et bien des mères affligées « vous doivent les secours qui feront vivre leurs enfants. »

ASILE SAINTE-EUGÉNIE A EAUX-BONNES

A Eaux-Bonnes, en août 1861, l'Impératrice pose la première pierre de l'asile Sainte-Eugénie, destiné à recevoir les militaires et les malades pauvres auxquels les médecins prescrivent le séjour de cette station thermale.

Sa Majesté accorde une somme importante à ce précieux établissement.

L'IMPÉRATRICE CONTRACTE UNE ASSURANCE SUR LA VIE EN FAVEUR DES ÉTABLISSEMENTS CHARITABLES QU'ELLE A FONDÉS

L'Impératrice, se préoccupant, en 1863, de l'avenir des institutions charitables qu'elle a fondées, contracte une assurance sur la vie pour une somme de deux millions, qu'Elle consacre à la maison Eugène-Napoléon dans le faubourg Saint-Antoine, à la société des prêts de l'Enfance au travail et à la Caisse de secours pour les armées de terre et de mer.

SOCIÉTÉ DES AMIS DES SCIENCES

L'Impératrice a accepté, au commencement de 1865, le patronage de la Société des Amis des sciences. Cette grande institution, due au baron Thénard, a pour mission d'assurer un refuge à la vieillesse des savants et inventeurs malheureux, et de secourir les veuves et les enfants d'hommes distingués, morts sans fortune.

En 1861, elle assiste dix familles; en 1862, elle a un capital placé de 205,753 francs et en distribue 24,500.

Pendant les mois de mars et avril 1866, MM. Delaunay, Frémy, Jamin, Bertrand, ont fait à Paris, avec le plus brillant succès et au bénéfice de la Société, de nombreuses conférences.

L'Impératrice a daigné les prendre sous son auguste protection, les honorer de sa présence; Elle a donné ainsi un touchant témoignage de sa sympathie pour les savants.

Le 4 mai 1866, M. le maréchal Vaillant, présidant la neuvième session annuelle de la Société des Amis des sciences, a adressé à Sa Majesté l'hommage de leur respectueuse reconnaissance.

SOLLICITUDE DE L'IMPÉRATRICE POUR LES JEUNES DÉTENUS DE LA ROQUETTE

Le 19 juin 1865, à neuf heures du matin, l'Impératrice, accompagnée de M. le Ministre de l'Intérieur, se rend à la Roquette, prison des jeunes détenus.

Elle en parcourt successivement toutes les parties, l'infirmerie, la chapelle, les cellules, celles même de punition. Elle s'informe, avec une vive sollicitude, du degré de moralisation des enfants et du régime auquel ils sont soumis; Elle interroge chacun d'eux sur son âge, sa situation de famille, ses antécédents.

La visite de Sa Majesté s'est prolongée pendant quatre heures. Elle a causé aux jeunes détenus une profonde impression, et provoqué parmi eux l'expression de la reconnaissance et plus d'un sincère repentir.

Un décret du 21 juin 1865 institue une commission chargée, sous la présidence de l'Impératrice, de rechercher — si leur emprisonnement cellulaire est une violation de la loi du 5 mai 1850, s'il est nuisible à leur développement physique et moral.

La commission est composée de M. Vuitry, président du conseil d'État; de Mgr l'Archevêque de Paris; de MM. Haussmann, préfet de la Seine; Émile Ollivier et Mathieu, députés; Cornudet, conseiller d'État; Boittelle, préfet de police; Bérenger, président honoraire à la Cour de cassation; de Marnas, procureur général près la Cour impériale de Paris; le docteur Rayer, membre de l'Institut; de Bosredon, secrétaire général du Ministère de l'Intérieur.

La commission, dont les fréquentes délibérations ont été dirigées par l'Impératrice, a sans retard accompli sa mission; son rapport, inséré au *Moniteur* du 7 août 1865, renferme les conclusions suivantes :

1° L'emprisonnement cellulaire des jeunes détenus de la Roquette est contraire à leur développement physique et moral, autant qu'à la loi du 5 mai 1850.

2° La prison de la Roquette, dans sa situation actuelle, ne répond aucunement aux vues du législateur.

3° On doit appliquer purement et simplement la loi du 5 mai 1850, et conséquemment placer les jeunes détenus dans des colonies agricoles.

La voix prépondérante de l'Impératrice a déterminé le vote sur l'application de la loi de 1850 : « la situation « actuelle de la Roquette ne peut durer, » a dit Sa Majesté.

En septembre 1865, les jeunes détenus ont été transférés de la Roquette à la colonie agricole de Vailhanques ; ils y donnent la preuve d'un grand zèle pour le travail des champs.

Leur translation amènera les plus féconds résultats pour le développement de leur nature physique et morale.

La colonie agricole est le meilleur système d'éducation correctionnelle. Le rude labeur des champs procure aux jeunes détenus une constitution robuste ; l'action morale exercée sur eux rouvre dans leur âme les sentiments de la probité et de l'honneur.

DÉCRET DU 15 AOUT 1865

Les établissements généraux de bienfaisance ont été placés, par un décret du 15 août 1865, sous le patronage de l'Impératrice. Des décrets antérieurs Lui avaient déjà conféré celui des sociétés de charité maternelle, des salles d'asile, de l'hospice des Quinze-Vingts, des crèches, de la Société du Prince Impérial.

Conformément au décret du 15 août 1865, la haute surveillance des établissements de bienfaisance et la concession de toutes admissions gratuites appartiennent à Sa Majesté. Des rapports annuels Lui sont adressés, et mettent sous ses yeux la situation de chaque établissement, les ressources qu'il possède, le chiffre et les catégories diverses des personnes secourues.

Le patronage de l'Impératrice comprend aujourd'hui les sociétés de charité maternelle, les salles d'asile, les crèches, l'hospice des Quinze-Vingts, la société du Prince Impérial, la Maison Impériale de Charenton, l'Institution impériale des sourds-muets de Paris, celle des sourdes-muettes de Bordeaux, celle des sourds-muets de Chambéry, l'hospice Impérial du mont Genèvre, l'asile Impérial de Vincennes et celui du Vésinet.

CHOLÉRA DE PARIS EN 1865

Le 20 octobre 1865, au moment où le choléra sévit avec le plus de violence à Paris, l'Empereur se rend à l'Hôtel-Dieu. Il en parcourt toutes les salles et parle à chacun des malades que frappe l'épidémie. A son départ de l'hôpital, les acclamations d'une foule compacte le remercient de sa sollicitude constante pour ceux qui souffrent.

L'Impératrice s'est hâtée de suivre les généreuses inspirations de l'Empereur. Le 23 octobre, malgré un rhume violent dont Elle est atteinte, Elle visite successivement les hôpitaux Beaujon, de Lariboisière et de Saint-Antoine; Elle s'arrête au chevet de tous les cholériques, les interroge et les console. A sa sortie de chacun des hôpitaux, Elle reçoit l'hommage chaleureux de la reconnaissance publique.

A l'hôpital Beaujon, un moribond, qui n'y voyait plus, lui dit : « Ma sœur, je vous remercie de votre infinie « bonté. » Mais le pauvre malheureux, apprenant qu'il « parle à Sa Majesté, ajoute aussitôt : « Ah ! je vous de- « mande bien pardon, Madame. » L'Impératrice lui ré- « pond : Mon ami, vous ne pouviez pas faire de moi un plus « bel éloge qu'en me prenant pour une sœur de charité. »

La presse européenne a manifesté ses sentiments d'admiration pour la magnanimité, l'abnégation, la charité que l'Empereur et l'Impératrice ont déployées en face du choléra. La ville de Paris a frappé une médaille commémorative de leur visite aux hôpitaux.

CHAPITRE V

ASILE IMPÉRIAL DE VINCENNES
VISITES DE L'IMPÉRATRICE A L'IMPRIMERIE DE M. PAUL DUPONT
A L'HOSPICE DES QUINZE-VINGTS
AUX INSTITUTIONS IMPÉRIALES DES JEUNES AVEUGLES
DES SOURDS-MUETS
EXPOSITION RÉTROSPECTIVE DE TABLEAUX
CHOLÉRA D'AMIENS
VOYAGE DE L'IMPÉRATRICE ET DU PRINCE IMPÉRIAL
EN LORRAINE
DON DE LONGCHÊNE AUX HOSPICES DE LYON
ACCIDENT DE LA FÊTE DU 15 AOUT 186
MAISON DE CONVALESCENCE DE LA ROCHE-GUYON
MAISONS IMPÉRIALES DE LA LÉGION D'HONNEUR
L'IMPÉRATRICE VISITE L'ÉCOLE PRIMAIRE DES FRÈRES
A LA MAISON BLANCHE

ASILE IMPÉRIAL DE VINCENNES

L'asile de Vincennes pour les ouvriers convalescents et celui du Vésinet pour les ouvrières convalescentes ont été créés, sur les domaines de la liste civile, par le décret du 8 mars 1855, qui a consacré aux constructions un crédit de deux millions.

Ces deux établissements, inaugurés, le premier le 31 août 1857, le deuxième le 29 septembre 1859, ménagent pour l'ouvrier et l'ouvrière une transition entre l'hôpital et le travail; ils ont ainsi comblé une lacune importante que présentait notre système d'assistance publique.

A Vincennes et au Vésinet, l'ouvrier et l'ouvrière, placés dans les meilleures conditions hygiéniques, recouvrent promptement la plénitude de leurs forces, pour reprendre leur tâche pénible de chaque jour.

En mars 1858, le prix du séjour à l'asile de Vincennes a été fixé à la modique somme de cinquante centimes par jour, en faveur des membres participants des sociétés de secours mutuels approuvées.

Vers la fin de mars 1866, l'Empereur et l'Impératrice se rendent à l'asile de Vincennes, en visitent toutes les parties, adressent la parole à la plupart des malades, s'informent de leur situation de famille, interrogent le Directeur sur la destination de chacune des divisions de l'établissement et prescrivent, pour le compléter, la création d'un quartier où les enfants convalescents des ouvriers recevront des soins maternels.

Leurs Majestés, à leur départ de l'asile, sont saluées par les chaleureuses acclamations des malades.

En avril 1866, l'Impératrice a décidé que trois conférences scientifiques et morales seraient faites chaque semaine aux convalescents de Vincennes. Elle a daigné allouer sur sa cassette la somme nécessaire aux dépenses que cette création réclamera.

Monseigneur Darboy, archevêque de Paris, des savants

et des hommes de lettres s'inscrivent aussitôt, pour prêter à ces conférences le concours de leur talent.

Monseigneur Darboy les a inaugurées le 6 mai. Dans une brillante improvisation, il a rendu hommage au sentiment élevé et généreux de l'Impératrice qui, en les établissant, agrandit l'œuvre commencée par l'asile de Vincennes.

M. de Bosredon, secrétaire général du Ministère de l'Intérieur, présidant la séance du 6 mai, a prononcé aussi un discours vivement applaudi. « L'Impératrice, a-t-il dit, a voulu que l'asile ne fût pas seulement utile au corps, mais qu'il parlât à l'esprit et au cœur. »

Les conférences ont un succès soutenu et produisent les plus heureux résultats pour l'ouvrier. Elles lui donnent de sages conseils, lui enseignent à se mieux préparer aux luttes de sa vie de souffrances, à remplir ses devoirs de citoyen, et à devenir travailleur habile et digne chef de famille.

Du 31 août 1857 à la fin de 1864, plus de 40,000 convalescents, admis à l'asile, ont pu prévenir une rechute et reconstituer paisiblement leur santé.

VISITES DE L'IMPÉRATRICE
A L'IMPRIMERIE DE M. PAUL DUPONT
A L'HOSPICE DES QUINZE-VINGTS
AUX INSTITUTIONS IMPÉRIALES DES JEUNES AVEUGLES
DES SOURDS-MUETS

Le 21 mars 1865, l'Impératrice, accompagnée de son service d'honneur, s'est rendue à l'imprimerie de M. Paul Dupont, à Clichy; Elle a visité successivement les maisons ouvrières, dont l'appropriation est si parfaite, le dispensaire médical destiné à fournir les premiers secours aux malades, la galerie des presses, la salle des machines à vapeur, la fonderie, la clicherie, l'école des jeunes apprenties, les ateliers où les femmes sont occupées comme compositrices, plieuses, brocheuses, satineuses.

Sa Majesté a examiné toutes les parties de ce magnifique établissement avec le profond sentiment de l'intérêt que les classes laborieuses méritent.

S'inspirant de sa sympathie particulière pour les dispositions qui favorisent le travail des femmes, Elle a daigné se mêler aux ouvrières, les interroger de la manière la plus bienveillante, suivre les moindres détails de leurs travaux divers.

Au moment où elle est sortie, les cinq cents ouvriers de l'imprimerie, réunis sur son passage, l'ont saluée des cris enthousiastes de : Vive l'Impératrice! Vive l'Empereur! vive le Prince Impérial! Ils conserveront de cette visite une heureuse et salutaire impression.

Sa Majesté ayant remis pour eux 500 francs à M. Paul Dupont, ils ont décidé que cette somme ne serait pas répartie, qu'elle constituerait dans leur caisse de secours un fonds inaliénable sous la dénomination de *Don de l'Impératrice.*

L'Impératrice est reçue à l'hospice des Quinze-Vingts, le 12 mai 1866, par M. de Bosredon, secrétaire général du Ministère de l'Intérieur. Elle pénètre dans le logement de plusieurs des aveugles pensionnaires, et s'informe de leur situation. Tous sont saisis d'une inexprimable émotion en apprenant que Sa Majesté est auprès d'eux.

Le 16 juillet suivant, sur la proposition du Ministre de l'Intérieur, l'Impératrice prononce l'admission de sept aveugles indigents à l'externat des Quinze-Vingts; Elle accorde aussi à quatre-vingt-cinq autres aveugles des secours annuels et viagers.

Le 27 mai 1866, l'Impératrice, accompagnée du Prince Impérial, visite l'Institut des jeunes aveugles.

Le 17 août dernier, à la distribution des prix, M. de Bosredon, secrétaire général au Ministère de l'Intérieur, a rappelé aux élèves les preuves touchantes de l'intérêt que l'Impératrice leur prodigue; des applaudissements chaleureux ont accueilli ses paroles.

L'Institut Impérial de Paris est le premier parmi les établissements fondés en Europe pour l'éducation et l'enseignement des jeunes aveugles.

Le nombre de ses élèves varie entre 180 et 190, dont 120 à 125 garçons, 60 à 65 filles.

Les garçons forment deux divisions; ceux de la première suivent des cours d'enseignement primaire, apprennent la musique théorique et instrumentale, sont attachés à un atelier industriel; ceux de la deuxième division reçoivent une instruction intellectuelle et musicale supérieure, et complètent leur apprentissage.

L'enseignement élémentaire comprend la lecture, l'écriture, les notions générales de grammaire, d'arithmétique et d'histoire naturelle; l'enseignement supérieur se compose de leçons de grammaire et d'arithmétique complète, de littérature, d'histoire, de géographie, de cosmographie et de physique.

La durée des études est de huit ans en principe, elle peut se prolonger d'une année.

La musique a une grande place dans l'enseignement de l'élève; elle fournit le meilleur moyen d'assurer son avenir en lui permettant d'exercer la profession d'organiste et d'accordeur de pianos.

Si on reconnaît que les aptitudes musicales sont peu développées chez lui, on le place dans un des ateliers où il devient un véritable apprenti.

Les filles n'étudient que deux instruments, le piano et l'orgue; elles filent, tricotent, se consacrent à divers travaux de fantaisie.

L'Impératrice, sur la proposition du Ministre de l'Intérieur, prononce l'admission des boursiers de l'État.

L'Institut Impérial des jeunes aveugles réalise un des

vœux les plus chers de Sa Majesté, celui de venir en aide à toutes les infortunes.

Une Société de *patronage* et de *secours* a ouvert aux ouvriers aveugles un atelier et un ouvroir : l'Impératrice est la présidente du comité des dames patronesses.

L'Impératrice se rend, le 23 juin 1866, à l'Institut Impérial des sourds-muets, parcourt les salles d'étude, les ateliers de dessin, de lithographie, de sculpture sur bois.

A sa demande, le Directeur lui donne des renseignements détaillés sur les travaux des élèves qui reçoivent, selon leur aptitude et leur position sociale, une instruction littéraire ou une éducation professionnelle.

Plusieurs exercices, accomplis en présence de Sa Majesté, ont captivé son attention, et les jeunes sourds-muets ont été vivement émus de la bienveillance qu'Elle a daigné leur témoigner.

EXPOSITION RÉTROSPECTIVE DE TABLEAUX

En juin 1866, l'Impératrice honore de sa visite, au Palais de l'Industrie, l'exposition rétrospective de tableaux, ouverte au profit de la classe indigente, et autorise les membres du comité à venir en choisir douze dans sa collection particulière. Sa Majesté, qu'inspire constamment sa sollicitude si attentive pour les malheureux, a voulu se donner un moyen de plus de servir leur cause, en mettant ainsi sous les yeux du public ses précieux tableaux qu'on ne peut aller admirer aux Tuileries.

CHOLÉRA D'AMIENS

Le 4 juillet 1866, à huit heures du matin, l'Impératrice part inopinément de Paris pour Amiens; Elle va porter des consolations et des secours à cette malheureuse ville, où le choléra frappe depuis plusieurs jours à coups redoublés, répand la stupeur et la consternation. A peine y est-elle arrivée que, sans se reposer un seul instant à la Préfecture, Elle se rend à l'Hôtel-Dieu. Elle parcourt avec sollicitude toutes les salles de cholériques; Elle prend leur main humide, Elle les palpe comme un médecin, et se penche sur eux pour mieux recueillir les quelques paroles que leur voix affaiblie prononce.

Un de ces malheureux se tordant dans de douleureuses

convulsions, Elle le frictionne pendant quelques minutes et ne le quitte qu'après lui avoir rendu le calme, en lui disant : « Courage, mon ami ! » et le malade, vivement ému, lui répond : « Merci, Madame. »

Dans la salle des cholériques femmes sont deux jeunes filles atteintes par la maladie; Sa Majesté les recommande aux meilleurs soins des sœurs de charité et ajoute : « Quand elles seront guéries, qu'on me les amène à Paris, « je les adopte. » Cet incident a produit une émotion profonde sur toutes les personnes qui en ont été les témoins.

Au moment où Sa Majesté est sortie de l'Hôtel-Dieu, le Préfet lui a présenté deux pauvres petits enfants que le choléra venait de rendre orphelins : « Je les adopte », a-t-Elle dit, avec la plus noble et touchante simplicité.

Elle s'est rendue de l'Hôtel-Dieu à la Préfecture, au milieu d'une population immense qui poussait les cris enthousiastes de : Vive l'Empereur ! vive l'Impératrice ! vive le Prince Impérial ! honneur au courage ! honneur au dévouement !

L'Impératrice, après un rapide déjeuner à la Préfecture, visite successivement la maison de charité de la rue de Noyon,

Les petites-sœurs des pauvres,

Les maisons de charité du quartier Saint-Leu et de la rue Gresset,

L'admirable maison Cozette, si parfaitement organisée.

Chez les petites-sœurs des pauvres, Sa Majesté voit le docteur Dheilly, brisé par la perte douloureuse que le fléau vient de lui infliger; Elle a pour lui de ces douces consolations qu'un sentiment vrai sait seul inspirer.

Vers trois heures du soir, Elle reprend le chemin de Paris. L'évêque, le procureur-général, le maire, les autres hauts fonctionnaires et de nombreuses dames se pressent à la gare pour la saluer de leurs adieux.

Les habitants d'Amiens, dont la présence de Sa Majesté a relevé le moral si complétement abattu, ne savent comment manifester leur vive reconnaissance pour sa sollicitude; ils exaltent son grand cœur, son inépuisable charité.

A Paris, une foule considérable attendait Sa Majesté devant la gare du chemin de fer du Nord, et L'a acclamée chaleureusement.

Le 6 juillet 1866, les membres du conseil municipal d'Amiens ont décidé qu'une médaille serait frappée pour consacrer le souvenir de la visite de l'Impératrice, et ont voté à Sa Majesté une adresse de remerciements

La commission administrative des hospices d'Amiens a fait placer à l'Hôtel-Dieu une plaque portant cette inscription :

Sa Majesté l'Impératrice Eugénie *a visité l'Hôtel-Dieu d'Amiens, le 4 juillet* 1866.

On rapporte de l'Impératrice une réponse aussi pleine d'esprit que de cœur.

Un maréchal de France exprimait à Sa Majesté l'admiration que son voyage d'Amiens avait produite. « Mon- « sieur le Maréchal, répondit-Elle en souriant, c'est « notre manière d'aller au feu. »

La visite de Sa Majesté à l'hôpital d'Amiens a vivement impressionné le cœur des malades, comme le prouve la lettre suivante que Lui a écrite, le 12 juillet, une des sœurs de charité de cet hôpital :

« Madame,

« Jean-Baptiste Dumoutier, un honnête et vieux ou- « vrier des environs de notre ville, vient de mourir du « choléra à l'hospice. Votre Majesté avait daigné s'ap- « procher du pauvre malade et lui adresser des paroles « du cœur, et cela suffit pour lui donner quelques jours « de plus à vivre, car dès ce moment il reprit des forces

« et nous laissa quelque espoir de le sauver. Jean-Bap-
« tiste a succombé hier au terrible fléau ; il était seul en
« ce monde, sans famille et sans amis. Un peu avant de
« mourir, il a tiré de dessous son oreiller une bourse que
« j'ai l'honneur d'envoyer à Votre Majesté, et il m'a dit :
« Ma sœur, il y a quatre-vingt-dix francs, c'est tout ce
« que je possède. Si je ne reviens pas, ce sera pour la
« bonne Impératrice ; qu'elle donne cela à ses pauvres
« ou aux petits orphelins de son fils, en souvenir de la
« reconnaissance de Jean-Baptiste.

« Je remplis le vœu du mourant, le vœu du mort,
« Madame, et je prie Votre Majesté de me pardonner
« cette liberté et d'agréer l'hommage de ma respectueuse
« admiration et de mon inaltérable dévouement.

« Sœur Marie-Joseph. »

« Un prix particulier, a dit un journal, doit s'attacher à cette aumône que le pieux héroïsme de la Souveraine a conquise au chevet d'un mourant. »

Je suis heureux de reproduire ici cette phrase où la grâce de l'expression s'unit à la délicatesse de la pensée.

Les conseils généraux, dans leur session d'août 1866,

ont voté des Adresses à l'Impératrice pour s'associer au mouvement d'admiration et de reconnaissance qui s'est manifesté en France, à l'aspect de la charité héroïque de Sa Majesté pour les cholériques d'Amiens.

VOYAGE DE L'IMPÉRATRICE ET DU PRINCE IMPERIAL EN LORRAINE

L'Impératrice et le Prince Impérial ont reçu pendant leur voyage en Lorraine, au mois de juillet 1866, l'accueil le plus enthousiaste.

Partout, sur leur passage, les foules se sont pressées, des arcs de triomphe ont été élevés, les villes se sont pavoisées, d'immenses cris d'amour et de dévouement ont éclaté, cris spontanés, sincères, énergiques, comme le sont les convictions de nos classes populaires. Elles comprennent admirablement que l'Élu de 1848 et de 1852 réalise, chaque jour de plus en plus, les conditions de la grande légitimité que la France lui a conférée.

Le 16 juillet, à Nancy, l'Impératrice a commencé sa

visite des établissements charitables. Dès dix heures du matin, accompagnée de ses deux dames d'honneur et de M. le préfet de la Meurthe, Elle est arrivée à la colonie pénitentiaire de Gentilly, située à un kilomètre de la ville.

Les deux cent cinquante détenus étaient rangés dans les cours ; Elle a adressé à chacun d'eux des paroles pleines de bonté et d'encouragement.

Malgré la chaleur accablante de la journée, Elle a parcouru attentivement toutes les parties de la colonie.

Elle a approuvé hautement l'idée d'enseigner à ces enfants des métiers qui les aideront, comme ceux de maréchaux et taillandiers, à se placer dans les grandes exploitations agricoles.

Sa Majesté, au moment de se séparer des jeunes détenus, leur a dit :

« Promettez-moi de travailler et de tout faire pour « devenir des hommes utiles et honnêtes. J'emporte votre « promesse, et rappelez-vous que vous l'avez faite à « l'Impératrice. »

Les enfants émus versaient des larmes, ils ne pouvaient croire à tant de bienveillance.

Sa Majesté, en sortant de la colonie de Gentilly, s'est

rendue à l'hôpital Saint-Charles, où Elle était attendue par une foule immense. Elle s'est arrêtée auprès de chaque malade, prodiguant la consolation et l'espérance à plus d'un malheureux que la douleur avait brisé.

Dans les salles, comme à l'extérieur, retentissaient ces acclamations : Vive la Providence des pauvres ! vive la Sœur de charité ! vive l'Impératrice d'Amiens !

Un prêtre, dominant la foule à l'aide de sa haute taille, montrait de la main l'Impératrice et s'écriait : « Vénérez-« la, c'est une sainte. »

Le 17 juillet, l'Impératrice et le Prince Impérial ont visité l'hospice des Enfants-trouvés, l'asile-modèle de Sainte-Anne, les salles d'asile, la maison des orphelines, les prisonniers, l'école des apprentis, les sourds-muets, les jeunes aveugles, le lycée.

Les enfants trouvés étaient réunis dans la cour de leur hospice; Sa Majesté a passé devant eux avec son Fils, et s'est informée de tout ce qui se rattachait à leur situation matérielle et morale.

A l'Institut des sourds-muets, Elle a écouté avec un grand intérêt les détails que le directeur Lui donnait.

La présence de l'Impératrice et du Prince au lycée a été chaleureusement saluée. Son Altesse a suivi attentivement le discours en vers adressé par un des élèves, Elle a surtout remarqué le passage suivant :

> Vous voyez votre Père, en son âme profonde
> Renfermant les destins de la France et du monde,
> Guider de nos soldats le courage indompté
> Vers deux buts seulement : justice ! liberté !

A ces vers, le Prince a répondu : « Merci, merci beaucoup ! » puis tous les lycéens ont défilé devant Sa Majesté.

Le matin du 17 juillet, la *Société nationale d'encouragement au bien* a distribué ses médailles aux lauréats de la circonscription de Nancy. M. le sénateur baron de Ladoucette, directeur de l'œuvre, assisté de plusieurs membres du comité central et du comité de Nancy, présidait la cérémonie à l'Hôtel de ville.

Au moment où, après avoir proclamé les titres des lauréats, il a ajouté que la Société compte parmi ses médaillés des personnes appartenant à tous les âges, à tous les sexes, à toutes les conditions, le nom de l'Impératrice Eugénie s'est présenté à la pensée de chacun pour le courage et l'abnégation qu'Elle a déployés en visitant les cholériques de Paris et d'Amiens.

Mais le comité se demandait s'il oserait porter ses récompenses jusques aux pieds de la Souveraine.

L'Impératrice, avertie de cette hésitation, a prononcé ces magnifiques paroles : « J'accepte avec bonheur cette « modeste médaille de bronze qui m'associe dans la pra- « tique du bien avec mes plus humbles sujets. »

M. de Ladoucette venait à peine de donner communication de cette réponse de l'Impératrice que les tambours, battant aux champs, ont annoncé le passage de Sa Majesté sous les fenêtres de l'Hôtel de ville. L'assemblée entière, vivement émue, s'est levée aussitôt en poussant les cris de : Vive l'Impératrice ! Amiens ! Amiens !

Le voyage de l'Impératrice et du Prince Impérial laissera de profonds souvenirs dans le cœur des populations lorraines. Sa Majesté a remis, pour les établissements de bienfaisance, 10,000 francs au préfet de la Meurthe, 5,000 au préfet de la Meuse, 5,000 au maire de Lunéville.

On a admiré les réponses improvisées du Prince aux discours qui lui étaient adressés ; elles brillaient par l'à-propos, par la sûreté et la grâce de l'expression.

Cet heureux début de Son Altesse dans la vie politique a produit une vive impression.

DON DE LONCHÊNE AUX HOSPICES DE LYON

A Lyon, le 12 juillet 1866, M. le Sénateur préfet du Rhône convoque la commission des hospices et lui donne lecture de la lettre suivante, qu'il a reçue de Sa Majesté l'Impératrice :

« Palais des Tuileries, le 9 juillet 1866.

« Monsieur le Préfet,

« J'ai suivi avec une vive sollicitude toutes les mesures « prises par les membres de la Commission des hospices « de Lyon, afin de venir en aide à la population souf- « frante. La création d'une Maternité à la Croix-Rousse « l'installation d'un plus grand nombre de lits à l'hôpital « de la Charité et enfin le nouveau système d'inhu-

8

« mation, réforme à laquelle je me suis particulièrement « intéressée, sont autant de preuves du zèle intelligent « et dévoué que la Commission a toujours apporté dans « l'accomplissement de sa noble tâche. Je sais que, grâce « à son activité, d'autres améliorations sont en voie « d'exécution, mais il me semble qu'une lacune reste à « combler. L'établissement à Vincennes d'un hospice de « convalescents, décrété par l'Empereur en 1855, a « montré combien il est utile de ne pas laisser les malades « passer sans transition de l'hospice au travail. Je désire, « Monsieur le Sénateur, que cette pensée se réalise aussi « à Lyon, et, à cet effet, je donne en toute propriété aux « hospices de cette ville le château de Longchêne, avec « ses dépendances, pour qu'il devienne un asile de « convalescents. Les intérêts des pauvres sont trop bien « placés entre les mains de l'Administration et de la Com- « mission des hospices, pour que j'aie besoin de faire « appel à leur zèle afin que cet asile soit ouvert dans le « plus bref délai possible. Je vous remercie aussi pour « l'empressement que vous avez mis à vous occuper de « cette affaire.

« Croyez, etc.

« Eugénie. »

La commission des hospices, vivement émue, accepte le don de Sa Majesté, et décide que trois de ses membres, MM. Onfroy, Lyonnet et Galline, iront à Paris pour Lui porter la délibération.

Le 15 juillet, M. le Sénateur préfet du Rhône les a présentés à l'Impératrice.

La population lyonnaise, sans distinction de partis, a accueilli avec des sentiments d'admiration et de reconnaissance la libéralité de l'Impératrice.

Le conseil municipal a adressé à Sa Majesté la lettre suivante :

« Lyon, 13 juillet 1866.

« Madame,

« Votre cœur, qui sympathise à toutes les misères et « recherche toutes les souffrances pour leur apporter un « soulagement, a compris qu'il restait une bonne œuvre « à accomplir dans les soins à donner aux pauvres ma- « lades sortant de nos hôpitaux, en créant un nouvel « asile consacré au service des convalescents. Par l'effet « de votre généreuse sollicitude, le château de Long-

« chêne, don de votre munificence, s'ouvrira bientôt
« pour eux.

« Le Conseil municipal de la ville de Lyon, vivement
« touché du sentiment qui a inspiré ce nouvel acte de
« bienfaisance, associe avec bonheur l'expression de sa
« reconnaissance à celle du Conseil des hospices, et dé-
« pose aux pieds de Votre Majesté l'assurance de son
« inaltérable dévouement.

« Les soussignés sont avec respect, Madame, de Votre
« Majesté, les très-humbles et très-obéissants serviteurs
« et fidèles sujets, etc. »

ACCIDENT DE LA FÊTE DU 15 AOUT 1866

Un accident des plus déplorables a attristé les derniers instants de la fête du 15 août dernier, à Paris.

Vers les dix heures du soir, au moment où le feu d'artifice de la place de la Concorde venait de finir, une foule compacte s'est portée de cette place sur le pont, pendant qu'une autre foule y arrivait du côté du Corps législatif. Malgré les précautions que l'autorité avait prises pour maintenir la circulation dans un seul sens, de la rive gauche à la rive droite, les deux courants se heurtent et produisent une mêlée formidable; on a relevé neuf cadavres et trente-cinq blessés.

M. le Ministre de l'Intérieur arrive immédiatement

sur le théâtre de la catastrophe, prodigue des consolations aux blessés et leur remet, au nom de l'Empereur, des secours en argent.

Le lendemain, dès le matin, et conformément au désir de l'Impératrice, le Préfet de police fait rechercher les noms des victimes et réunit sur la situation de leurs familles des renseignements qui permettent de soulager leur infortune.

Le 20 août, toutes les informations étaient recueillies, et leur résultat était adressé à l'Impératrice. Le 21, par ordre de Sa Majesté, M. le marquis de Piennes, l'un de ses chambellans, s'est rendu au domicile des blessés, auprès des parents des personnes décédées, et leur a distribué des secours qui ont été accueillis avec reconnaissance.

MAISON DE CONVALESCENCE DE LA ROCHE-GUYON

L'Impératrice honore de toute sa sympathie et de dons multipliés la maison que le comte Georges de la Rochefoucauld a fondée à la Roche-Guyon, en 1850, pour procurer l'air pur de la campagne aux enfants convalescents des hôpitaux de Paris.

Six cents environ y reçoivent des soins chaque année ; ils assistent matin et soir à une classe. A leur retour à Paris, ils sont placés en apprentissage, surveillés dans leurs ateliers et réunis le dimanche.

Des prix, dus en grande partie à la munificence de l'Impératrice, se distribuent annuellement aux apprentis de la Roche-Guyon et des communes voisines.

MAISONS IMPÉRIALES DE LA LÉGION D'HONNEUR

La maison Impériale Napoléon de Saint-Denis, et ses deux succursales : la maison Napoléon d'Écouen, et la maison Napoléon des Loges, consacrées à l'éducation des filles des membres de la Légion d'honneur, sont placées sous le patronage de l'Impératrice.

Sa Majesté, remplissant sa mission de protectrice avec une sollicitude incessante, s'applique à former l'esprit et le cœur des jeunes filles, à faire d'elles d'excellentes mères de famille; Elle veille à ce qu'on leur enseigne l'économie domestique, qu'on les initie aux moindres détails du travail à l'aiguille, convenable aux femmes dans toutes les conditions, mais indispensable à celles qui sont destinées aux devoirs d'une vie modeste.

L'Impératrice a présidé plusieurs fois dans les maisons de la Légion d'honneur, au milieu des cris de joie, d'amour et de reconnaissance, les distributions des prix et médailles. Elle daigne les remettre Elle-même aux élèves et ajouter, pour la plus méritante de chaque classe, une récompense spéciale, gage précieux de sa satisfaction.

L'IMPÉRATRICE VISITE L'ÉCOLE DES FRÈRES À LA MAISON-BLANCHE

Léc ıd cieux concours de l'Impératrice est acquis à toutes les institutions où l'enfance reçoit le bienfait de l'éducation.

En août 1865, Sa Majesté, accompagnée du Prince Impérial, se rend à la nouvelle école de garçons que les Frères dirigent à Paris, dans le quartier de la Maison-Blanche; Elle visite chacune des classes, recommande aux enfants, avec des paroles pleines de tendresse maternelle, la sagesse et l'application à l'étude.

« L'instruction, leur dit-Elle, vous rendra meilleurs et « plus heureux en même temps, car tout en vous mora-

« lisant et en développant votre intelligence, elle fera « de vous un jour des ouvriers plus habiles et plus « capables. »

Sa Majesté fait lire Elle-même quelques enfants, pour s'assurer du degré de leur instruction.

Le Prince Impérial en interroge plusieurs; Il semble adresser la parole de préférence aux plus petits et aux plus humbles.

CHAPITRE VI

BIENFAISANCE ET BONTÉ DE L'IMPÉRATRICE POUR LES PERSONNES

BIENFAISANCE ET BONTÉ DE L'IMPÉRATRICE POUR LES PERSONNES

En 1853, l'Impératrice prend sous sa protection le lycéen Amoretti, dont le père, sous-gouverneur de la Banque, vient de mourir sans fortune.

L'année suivante, au concours général, le prix d'honneur des sciences est décerné à Amoretti. L'Impératrice daigne le recevoir, le 28 octobre, à Saint-Cloud. Elle a voulu lui adresser Elle-même ses félicitations sur son brillant succès, et lui remet, en témoignage de sa satisfaction, une montre au chiffre de l'Empereur.

Le *Caïman*, bateau de Saint-Valéry-en-Caux, naufrage à Terre-Neuve, vers le milieu de 1853 ; tous les hommes de l'équipage périssent et laissent dans le dénûment douze veuves et trente-trois orphelins.

L'Impératrice, touchée du malheur qui frappe ces familles, leur fait adresser immédiatement la somme de trois mille francs.

Sur la fin de 1853, à Valence, département de la Drôme, la femme Hubschen, abandonnant les habits de son sexe, parvient à se faire admettre, comme ouvrier terrassier et sous le nom de Michel, dans les chantiers du chemin de fer ; elle se procure ainsi, à l'aide de son travail, le moyen de subvenir aux besoins de son mari malade et de ses quatre enfants.

Sa pieuse supercherie est découverte après quelques mois, au milieu des applaudissements publics.

L'Impératrice, en l'apprenant, est vivement émue, et M. Damas-Hinard, secrétaire de ses commandements, écrit, au nom de Sa Majesté, la lettre suivante à cette femme héroïque :

« Madame

« L'Impératrice a lu avec un intérêt tout particulier
« le récit de la ruse pieuse que vous avez employée
« pour soulager votre mari malade et nourrir vos pau-
« vres enfants.

« Vivement émue de ce récit, Sa Majesté a eu aus-
« sitôt la pensée de vous offrir de prendre à sa charge
« deux de vos enfants, et Elle m'a ordonné de m'enten-
« dre, à cet effet, avec M. le Préfet de la Drôme.

« L'Impératrice n'ignore pas qu'il est des vertus pour
« lesquelles les grands de la terre n'ont point de récom-
« pense; mais Elle désire vous donner, Elle aussi, un
« témoignage des sentiments que votre conduite lui a
« inspirés; Elle veut que vous sachiez, Madame, que
« sa sympathie personnelle est acquise à l'épouse dé-
« vouée et à la courageuse mère de famille.

« Recevez, Madame, » etc.

La femme Hubschen ayant déclaré qu'elle désirait placer, sous le patronage de l'Impératrice, sa fille aînée, âgée de quinze ans, et l'aîné de ses garçons, âgé de huit ans, M. le préfet s'assure que l'instituteur se chargera du garçon, que les sœurs de Saint-Vincent de Paul recevront la jeune fille, et il rend compte, le 21 janvier 1854, des arrangements qu'il a pris.

Le 24, Sa Majesté lui fait adresser cette réponse :

« Monsieur le Préfet,

« J'ai placé sous les yeux de l'Impératrice la lettre « que vous m'avez fait l'honneur de m'écrire le 21 jan- « vier. Sa Majesté a vu avec plaisir, Monsieur le Préfet, « l'empressement que vous avez mis à faire les démar- « ches qui devaient amener la réalisation de ses in- « tentions charitables, et je suis heureux d'avoir à vous « en remercier en son nom.

« L'Impératrice sera charmée de savoir la jeune Mar- « guerite Hubschen confiée aux mains des dignes sœurs « de Saint-Vincent de Paul, auprès desquelles cette « enfant se formera à la pratique de tous les devoirs, et « de qui elle continuera à recevoir ces grands exemples « de dévouement que lui a déjà donnés sa mère.

« Pour ce qui est du petit Michel Hubschen, l'Impé- « ratrice approuve encore qu'il soit placé dans la maison « de M. Martin, à condition toutefois que cet honorable

« instituteur ne perdra point de vue la volonté réfléchie
« de Sa Majesté qui est de faire de cet enfant, non un
« *monsieur*, mais un *ouvrier*, et qu'on le dirigera de
« manière à pouvoir l'appliquer le plus tôt possible à
« quelque art manuel. En confiant ces enfants aux
« bonnes sœurs de Saint-Vincent de Paul et à M. Martin,
« l'Impératrice compte, Monsieur le Préfet, sur votre
« intelligent et généreux concours, et Elle espère que,
« pour assurer le succès de son œuvre, vous exer-
« cerez une surveillance paternelle sur l'éducation de
« ses petits protégés. Voilà, Monsieur le Préfet, ce que
« j'avais à vous dire par ordre exprès de Sa Majesté;
« par son ordre également, j'aurai l'honneur de vous
« adresser, un de ces jours, le mandat destiné au paye-
« ment du premier trimestre de ces deux pensions. »

Le 14 avril 1854, à Écully, près Lyon, le puisatier Giraud est englouti dans un puits, profond de dix mètres; il en est délivré, le 3 mai, après le plus difficile et périlleux travail de sauvetage, et meurt à l'Hôtel-Dieu de Lyon, le 27 du même mois, malgré les soins assidus des médecins.

L'Impératrice prend une vive part à l'émotion que cause ce drame douloureux. Elle veut connaître les moindres circonstances de la captivité de Giraud, la marche du sauvetage.

D'après ses prescriptions, le Préfet du Rhône Lui adresse une vue photographiée des lieux, L'informe chaque jour, matin et soir, de la situation de Giraud, au moyen de dépêches télégraphiques.

Les médecins ayant manifesté, après la délivrance de ce malheureux, leur espoir de le sauver, l'Impératrice avait déclaré qu'Elle le prenait sous sa protection et qu'Elle se chargeait de son avenir.

Le brick-goëlette la *Reprise* et le brick le *Prosper* s'abordent en pleine mer, pendant la nuit du 5 au 6 décembre 1856.

Le capitaine de la *Reprise* et quatre hommes de son équipage, se croyant perdus, se réfugient immédiatement sur le *Prosper*.

Le mousse Perret, âgé de douze ans, se refuse, malgré l'imminence du danger, à profiter de ce moyen de salut; il reste à bord de la *Reprise*, pour donner des soins à un matelot malade. Il se place courageusement à la barre, parvient à s'orienter et se dirige sur Agde, où il ramène son navire, après avoir constamment tenu le gouvernail pendant deux jours de la navigation la plus difficile et la plus dangereuse.

Une décision du Ministre de la Marine, à la date du 7 janvier 1857, a décerné à son rare dévouement et à sa grande énergie une médaille de première classe en or.

Le 17 mars suivant, il est présenté à l'Empereur et à l'Impératrice, au palais des Tuileries; il reçoit des mains de l'Empereur la médaille d'honneur; l'Impératrice daigne lui donner une marque de sa munificence, et déclare qu'Elle se charge de son éducation à l'école des mousses.

L'Académie française, distribuant les prix de vertu dans la séance du 20 août 1857, a honoré Perret de l'une des médailles de 1,000 francs.

Un drame horrible s'accomplit à Djeddah, dans la soirée du 15 juin 1858.

Une multitude, saisie d'un fanatisme furieux, parcourt la ville pendant plusieurs heures, attaque les chrétiens, pille leurs habitations et assassine M. Page, consul anglais, M. Éveillard, consul de France, et sa femme.

Mademoiselle Éveillard, âgée de dix-neuf ans, combat avec le courage du désespoir pour protéger son père contre les meurtriers. Blessée elle-même en se défendant, elle est sur le point de succomber au moment où M. Émerat, chancelier du consulat, vient la secourir; elle peut alors se réfugier dans un harem du voisinage.

A peine est-elle arrivée à Paris, vers la fin de juillet, que l'Empereur et l'Impératrice la reçoivent, lui prodiguent les témoignages de leur vive sympathie.

Une loi d'avril 1859 l'a honorée d'une pension annuelle et viagère de 5,000 francs, à titre de récompense nationale.

Le général Dieu, mortellement blessé à l'attaque de Solférino, le 24 juin 1859, succombe à Paris, le 10 avril suivant, dans des souffrances indicibles, après avoir exprimé à plusieurs reprises sa profonde reconnaissance pour les preuves d'intérêt que l'Empereur et l'Impératrice n'avaient cessé de lui donner.

Chaque jour un bulletin sur la situation du général était remis à l'Empereur, qui allait aussi le visiter souvent.

Le souvenir de la sollicitude de Leurs Majestés a été pour lui, au moment suprême, un adoucissement à son affreuse agonie.

Le 3 juin 1860, l'Impératrice douairière de Russie, retournant de Nice à Saint-Pétersbourg, est de passage à Lyon; l'Empereur Napoléon et l'Impératrice Eugénie viennent l'y saluer.

La population lyonnaise se presse autour de Leurs Majestés, Les reçoit avec un enthousiasme impossible à décrire.

L'Impératrice Eugénie, apprenant que deux personnes ont été blessées dans la foule par des chevaux de dragons stationnés sur la place de la Comédie, accorde aussitôt 1,000 francs à l'une d'elles et 500 francs à l'autre.

Firmin Lamothe est arrêté à Paris, au commencement de février 1864, sous inculpation d'un vol de 25 francs. Constamment honnête jusqu'à ce moment, il a commis ce délit pour arracher sa femme et ses trois enfants au dénûment, à la faim.

Aussitôt la charité publique s'émeut en sa faveur, des souscriptions se forment; la première est celle de l'Impératrice.

Lamothe est condamné à un mois de prison, mais l'Empereur lui fait grâce et le rend à sa famille.

Le Prince Impérial a été atteint de la rougeole, au mois de mars 1866, mais Il a dû son prompt rétablissement aux soins assidus et intelligents du docteur Barthez. Vers la fin de sa convalescence, Il avait réuni auprès de Lui, dans sa chambre, ses jeunes amis Espinasse et Conneau, et le sergent Maury, du 1er des grenadiers de la Garde, son instructeur pour les exercices militaires.

Pendant qu'Espinasse et Conneau jouent aux soldats et que le Prince dirige les divers mouvements de troupes, l'Impératrice arrive, et daignant interroger le sergent sur sa famille, Elle apprend que sa sœur a trois enfants aveugles, que le plus jeune semble doué d'une certaine intelligence.

A cette réponse du sergent, Sa Majesté et le Prince

Impérial se regardent, échangent quelques mots à voix basse; puis le Prince l'appelle, lui met dans la main une enveloppe à lettre dont Il a richement garni l'intérieur, et lui dit : « Voilà pour votre sœur. »

Peu d'instants après l'Impératrice se retourne, en sortant, vers le sergent et lui adresse ces paroles. « Je me « chargerai de l'éducation de votre neveu. »

En septembre 1866, le sieur Tétard, garde-ligne à Chagny (Saône-et-Loire), est tué au passage d'un train et laisse dans la misère une veuve et des enfants.

L'Impératrice leur adresse un secours de 500 francs.

En septembre 1866, la petite-fille de Rétif de la Bretonne sollicite de l'Impératrice la somme nécessaire au trousseau de son fils, admis comme boursier au lycée de Vendôme.

Sa demande est immédiatement accueillie.

CHAPITRE VII

LA DYNASTIE NAPOLÉONIENNE EST LA PLUS HAUTE EXPRESSION DE LA VOLONTÉ NATIONALE

LA DYNASTIE NAPOLÉONIENNE EST LA PLUS HAUTE EXPRESSION DE LA VOLONTÉ NATIONALE

L'Impératrice Eugénie est la personnification de la charité; Elle a compris admirablement la haute mission que la Providence lui a donnée.

Son cœur est vivement ému devant l'affliction du plus humble de ses sujets; Elle a des consolations et des secours pour toutes les misères, des appuis pour toutes les faiblesses.

Sa préoccupation incessante est d'améliorer la condition physique et morale du pauvre et de l'artisan; Elle fonde ou protége des institutions destinées à soustraire au vice les enfants du peuple, en leur inspirant les habitudes du travail, en les initiant aux pratiques de la religion.

Sa charité est le plus riche fleuron de sa couronne d'Impératrice; les années, pour Elle, comptent moins de jours que d'actes de bienfaisance.

Elle est affable et douce, autant que charitable ; en Elle resplendissent toutes les aimables vertus; Elle a pour chacun son ravissant sourire, et des paroles d'une exquise bienveillance.

En 1859, pendant que l'Empereur, aussi illustre capitaine que profond politique, conduisait nos invincibles soldats en Italie, et ajoutait de grandes pages à nos fastes militaires, l'Impératrice a porté dignement, comme Régente, le fardeau des affaires politiques.

Elle a adouci pour les familles les douleurs de la guerre, a prononcé en plusieurs circonstances des paroles vraiment augustes, et s'est élevée à tous les devoirs de la souveraineté avec une rare fermeté de cœur.

Confidente des pensées de l'Empereur, Elle s'associe à ses travaux, et l'aide puissamment à développer la prospérité de la France.

Elle a le courage viril et la force morale que Blanche

de Castille eut à déployer pour soutenir l'enfance de saint Louis.

Au mois d'août 1865, M. le sénateur Magne, président du conseil général de la Dordogne, a dit, en inaugurant la session :

« Ce qu'on ne sait pas assez, ce que doivent proclamer « bien haut ceux qui ont l'honneur d'en être les témoins, « car c'est pour l'avenir un élément de sécurité et de « confiance ; ce qu'on ne sait pas assez, c'est cette hau- « teur de raison, cette aptitude aux affaires, cette fer- « meté d'esprit et de caractère qui font que Celle qui est « l'ornement du trône, saurait au besoin en devenir « l'énergique appui. »

Mettons en relief ces importantes paroles de M. Magne, rappelons-nous sans cesse que, si les circonstances le commandaient, l'Impératrice serait à la hauteur de toutes les situations, de tous les périls !

Que notre dévouement se consacre sans réserve à l'Empereur, à l'Impératrice, au Prince Impérial.

L'Empereur a rouvert pour nos intérêts moraux et matériels toutes les sources de fécondité ; Il a rendu à la France le rang qu'elle doit avoir parmi les puissances ;

Il a pris en main la cause des classes populaires, Il prépare attentivement la solution des problèmes de l'avenir.

Marqué du doigt de Dieu pour présider à nos destinées, Il est l'admiration de l'Europe.

Le Prince Impérial, doué d'une intelligence remarquable, se développe au milieu des plus mâles enseignements de la vie publique, et progresse chaque jour dans son apprentissage des devoirs de citoyen et de souverain ; Il sera en peu d'années un prince accompli.

Il continuera la politique ferme, modérée, prudente, impartiale de son Père ; nos enfants l'acclameront et l'aimeront, comme nous acclamons, aimons Napoléon III.

La dynastie Napoléonienne est la plus haute expression de la volonté nationale, elle a des droits imprescriptibles.

Sous le règne des Napoléon, la France sera constamment grande et respectée.

Imprimerie PAUL DUPONT.

TABLE DES MATIÈRES

CHAPITRE PREMIER.

CHAPITRE II.

CHAPITRE III.

CHAPITRE IV.

CHAPITRE V.

CHAPITRE VI.

CHAPIDRE VII.

Imprimerie PAUL DUPONT.

www.ingramcontent.com/pod-product-compliance
Ingram Content Group UK Ltd.
Pitfield, Milton Keynes, MK11 3LW, UK
UKHW031855260826
14628UKWH00002B/783